Princess Memory
プリンセスメモリー
カクテル・ソフト　原作
島津出水　著
PARADIGM NOVELS 101

登場人物

コリン

　孤児だったが、サリアンたちの父親に引き取られた。サリアンにそそのかされ、洞窟に潜るが…。

フィーリア

　コリンが洞窟で見つけた少女。記憶と感情を失っていたが、みんなの愛情に包まれ、徐々に少女らしさを取り戻す。

サリアン

　明るく活発な女性。両親がいないコリンたちの家族を支える大黒柱。頼りがいのある、みんなの姉のような存在。

ポーニィ

　サリアンの妹。家事が得意で、父親の残した、村で唯一の宿屋を切り盛りしている。読書が好きなロマンチスト。

第5章　サリアン

第7章　フィーリア

目次

第1章　洞窟の少女

おにいちゃん——。

遠くから聞こえる、そのかすかな呼びかけを、コリンは不思議に思った。

(……お兄ちゃん？　弟も妹もいない僕が？)

おにいちゃん——。

再び、呼びかけ。今度は、少女の声であることが分かる。

温かみのある、かわいらしい声。しかし、コリンには聞き覚えがない。

(どうして、僕を呼ぶの？　君は、誰？)

声の主に尋ねようと、周囲を見回す。

すると、辺りが何故か闇に包まれている中でただ1カ所、ほのかに光を放っていた。

そこに——少女がいた。

光が弱くて、顔立ちなどはハッキリと分からない。それでもどうにか、青っぽい服装に身を包んでいることが見て取れる。

(ねえ、誰なんだい？　何か、答えてよ)

やや不安げに尋ねるコリン。だが、応答はない。

第１章　洞窟の少女

おにいちゃん――。

返ってくるのは、同じような呼びかけだけだった。

あまりにも非現実的な状況に、コリンの不安はさらにつのる。

その不安を打ち消すかのように、彼は大声で叫んだ。

（……返事をしてよ！　君は一体、誰なんだよ⁉）

一瞬の間を置いて――少女とは全く別の声が、コリンの鼓膜を貫いた。

「寝ぼけてる場合じゃないでしょ、コリン！」


「うわっ⁉」

いきなり耳元で聞こえた大声に、コリンは驚いて上半身を起こす。

すると足許に、軽く弾む感触がある。

見るとそれは、彼が普段から使っているベッドであった。

「あれ？　……じゃあ僕、寝てたの……？」

その時点でコリンは、ようやく気付いた――自分が今まで、眠っていたことに。

「夢、だったのかな？」

やや収まりの悪い前髪を掻《か》き上げ、辺りを見回してみる。

古びていながらも、よく手入れが行き届いている壁や床が、瞳に映った。

視線を動かすと、窓の外から柔らかな陽光が射し込んできていることも分かった。

それらを確認してから、コリンは呟《つぶや》いた。

「……うん。いつも、僕が使ってる部屋だな、ここは」

「何を寝ぼけてるの？」

聞き慣れた少女の声に、彼は慌てて振り向く。

そこには、両肩までお下げ髪を下ろした、エプロン姿の少女が立っていた。

あきれ顔の彼女の手には、コリンがかぶっていたシーツが握りしめられている。コリンを起こすため、無理矢理はぎ取ったのだろう。

コリンは半ばボーゼンと、少女の名を呼んだ。

「ポーニィ……」

「いつまでもボーッとしてないのっ。寝坊のクセは、昔からちっとも変わらないんだから、もう」

ポーニィと呼ばれた少女は、シーツを畳みながらコリンをたしなめる。

「今日は、いつまでも寝ていたらいけないんじゃなかったの？」

「そうだっけ……？」

「忘れたの？　今日はお姉ちゃんと屋根の修理をするって、約束してたじゃない」

そこまで説明されて、コリンはやっと、自分の置かれた立場を理解した。

「……ね、寝坊しちゃったの、僕⁉」

「お姉ちゃんは、もうずいぶん前に外へ出たわよ」

「大変だ、そりゃ！」

彼は転がるようにしてベッドから降り、部屋を飛び出していく。

「ちょ、ちょっと！　ご飯は食べないの⁉　もう、用意してるよ！」

部屋から聞こえるポーニィの言葉に、コリンは申し訳なさそうに返事をした。

「ごめん！　屋根の修理が終わってから、食べるよ！」


コリンが勢いよく外に飛び出すと、目の前にのどかな村の風景が広がった。

広場を駆け回る子供たち。

開店前の準備をしているバーテンダー。

採りたての野菜を売りに、カゴを抱えて長老の家へ向かう農家の夫婦。

——馴染《なじ》みの顔が村の中を往来する、いつもと変わらぬ光景だ。

しかし、知り合いにあいさつをする余裕など、今のコリンにはない。彼は急いで玄関から距離を置き、今まで自分がいた建物を見上げた。

建物は二階建てで、村でも一、二を争う大きさの建造物だった。部屋数も、普通の民家の倍以上はある。

それも、当然だろう。何故ならこの建物は、村でただ一軒の宿屋なのだから。コリンが普段使っている寝室も、もともとは客室なのだ。

「ええと……」

コリンは宿屋から少し距離を置き、えんじ色の屋根の上に、人の姿がないか確かめた。

しかし、人影は見当たらない。

「おかしーなー。どこ行っちゃったんだろ……？」

なおも、屋根をジッと見つめる彼の背後で——前触れもなく、怒鳴り声がした。

「こらっ、コリン！」

「わぁっ!?」

飛び上がって驚いた後、コリンは後ろを振り向きざま、目を丸くする。

「サ、サリアン！」

「へっへっへっへー」

大人びた、それでいて活発そうな顔立ちに、イタズラっぽい笑みを浮かべているのは、サリアン。宿屋を切り盛りする、ポーニィの実の姉である。

笑顔とは裏腹に、その瞳が何やら物騒な光をたたえているように、コリンには思えた。

（な……何かたくらんでるのかな？）

彼の脳裏に、イヤな予感がよぎる。サリアンがこのような笑い方をする時はたいてい、ロクなことを考えていないのだ。

「や、屋根の修理は？」

それでも、恐る恐る尋ねてみる。

すかさず、含み笑い混じりの答えが返ってきた。

「終わったよ。どこかの居候クンが、いつものように寝坊してる間にね」

「うっ……ゴ、ゴメンよぉ」

「いーのよ、謝ってもらわなくても」

「えっ？」

コリンは意外な展開に一瞬だけ驚いた後、続くサリアンの言葉に絶句してしまう。

「アタシの言うことをひとつ聞いてくれれば、何だって許したげる」

「…………」

彼のイヤな予感が、さらに強くなる。

「サ、サリアンの言うことって？」

「そんなに難しいことじゃないよ。とりあえず、来て」

サリアンは軽く答えると、コリンの手を取って宿屋に戻った。

フロントで何やら帳簿をつけていたポーニィは、二人の姿を認めると、コリンをジッと見つめる。

『今はあんまりお姉ちゃんに逆らわない方がいいよ』――彼女の目がそう忠告していることを、コリンはハッキリ感じ取った。

サリアンはフロントのすぐそばにある自分の寝室に、コリンを引っ張り込む。

(何をやらされるんだろ？　宿屋の中ってコトは、とんでもない無理難題を言いつけられるワケじゃなさそうだけど……)

コリンが都合よく解釈している間にサリアンは、飾り気のない自室の片隅をゴソゴソとあさり、革袋を取り出した。

「ハイ、この中身を確認してみて」

袋を渡されるコリン。ふくらみ具合を確認すると、かなり大きな物が入っていそうに思えた。

とりあえず、言われるままに袋を開け、中にあった物を取り出してみる。

すると、およそ女の子の部屋には似つかわしくない物が出てきた。

「何だ、これ？」

料理を運ぶトレイを二回りほど大きくした感じの、木で作られた盾。

そして、コリンのヒジから指先ほどの長さの、鉄製の小剣。

「この間、宿に泊まった旅人がくれたの」と、サリアンが説明する。

「どうしても宿賃が払えないからって、代わりにこれを置いていったのよ」

言われてコリンは思い出す。そういえば先日、サリアンとモメていた宿泊客がいた。これは、その客の持ち物だったのか――。

そこまで考えて、彼はギクリと表情を強ばらせた。

「……まさか、これを持って旅に出ろなんて……言わないよね？」

「言わないわよ、そんなこと！」

コリンの問いに、サリアンはことさらに驚いてみせる。

「寝坊って、そこまでしなきゃなんないほど、悪いことじゃないって」

「そ、そーだよね、そこまではね」

「アタシは、コリンにちょっと洞窟《どうくつ》探検してほしいだけよぉ」

「その程度なら、僕にも……洞窟探検だって⁉」

聞き流しかけたコリンの顔が、あっという間に真っ青になった。

「ど、どーくつって、村はずれのあそこだろ⁉　長老さまからいつも、『あの洞窟は危険だから、絶対に入ってはならん』って言われてる……！」

一方のサリアンは「そーだよ」と、まるで悪びれていない。

「でも、一番奥まで行けなんて言ってるワケじゃないんだし、意外に危なくないかもしれないってウワサもあるじゃない」

（ウワサを信じて、そんなこと言わないでよっ）

強く抗議したかったコリンだが、彼にはそれよりも先に、聞きたいことがあった。

「どーして僕が、洞窟に行かなきゃいけないんだよ？　遅刻の罰だったら、他にも何かあるんじゃない？」

するとサリアンは、部屋の外のポーニィに聞かれたくないのか、声のトーンを落として答えた。

「実はね……あの洞窟って、あちこちに宝箱があるらしいのよ」

「た、たからばこ？」

「キレイな宝石とかアクセサリーが入ってるらしくてねえ……たまにはそーいうのを、いつもお世話になってるサリアンお姉さんにプレゼントしようって気にならない？」

「…………」

――こうして、コリンの洞窟探検が決まった。

「なんだよー。要はサリアンが、宝石とかアクセサリーとか欲しいだけじゃないか」

ブツブツと呟きながら、コリンは重い足取りで村を後にする。

両手にはもちろん、サリアンから渡された小剣と盾が握られている。上着も破れにくい革製のものを着け、すっかり準備万端であった。

とはいえ、心の準備は決して万端といかないようだ。隣村へと続く小道を歩きながらも、つい勘ぐりをしてしまう。

「……それとも、サリアンはひょっとしてこれが目的で、わざと僕を起こさずに放っておいたのかなぁ?」

ちゃっかり者の彼女なら、充分あり得ることだ——そんなことを考えたコリンは、無意識のうちにため息をつくのだった。

ともあれ、宝物とまではいかなくても、何か珍しい物を持って帰らないと、サリアンが納得しない。

「仕方ない……たまにはサリアンとポーニィにも、何かプレゼントしてあげなきゃ!」

自らにそう言い聞かせると、彼は小道を途中で脇にそれ、すぐそばにある小高い山を目指した。

——やがて、コリンは山のふもとに到着し、いったん歩みを止める。

山肌には、高さが彼の背丈の三倍以上もある、大きな穴がポッカリと開いていた。

「ここが、洞窟の入口かぁ」

やや圧倒された様子で、入口の上端を見上げるコリン。

気圧されているのは、先程サリアンにも話した、長老の言葉を思い出したからだ。

コリンがまだ幼かった頃、長老は長いヒゲに隠れた口をモゴモゴ動かしながら、村の子供たちに語ったものだ。

『よいか、お前たち。あの洞窟は、恐ろしい怪物どもがワンサと巣食っておる、とても危険な場所じゃ。洞窟の中には、決して入るでないぞ。できれば、近寄ることも避けた方がええ』

ただ、サリアンは長老の話を聞いた後、独りでこっそりと洞窟の入口付近に忍び込んだらしい。

『ちょっとコワかったけど、別に何もいなかったよ』という彼女の言葉を、当時のコリンは半信半疑で聞いていたが――。

「あの時のサリアンの言葉が、本当ならいいんだけどな……」

コリンが緊張の面もちで、中に足を踏み入れようとした、その時。

「……アレ？」

彼の動きが、不意に止まる。

洞窟の奥から、かすかに音が聞こえてきたのだ。

「な、何かいる⁉」

その音にコリンは、生き物の気配を感じ取る。

「モ、モンスターじゃなくて、虫のたぐいだよなぁ……てゆーか、そーだとイイなあ」

弱々しく呟きながらも、盾と小剣をしっかりと身構え、そっと洞窟へ入るコリン。

洞窟の中は外の光が射し込まないため、視界がとても悪かった。

「ランプか松明《たいまつ》でも持ってくればよかったかな。でも、そんなモノ持ってたら、盾を構えられないしなー」

コリンはつまずかないよう、足下を確認しながら慎重に歩く。

すると、20歩ほど進んだところで、彼の視界に大きな影が映った。

影は縦に細長かったが、高さはコリンの身長よりも少し低いように見える。

「岩が人の形でもしてるのかなぁ」

コリンが呟いた瞬間——影がいきなり動いた！

「わっ⁉」

影は、驚く彼に近付くでもなく、岩壁の方へ向けてフラフラと動き出す。

その様子を目で追うコリン。やがて、洞窟の暗がりに目が慣れてくると、彼は影の正体を知った。

「……女の子？」

それはまぎれもなく、人間の少女だった。ややタレ目気味で、かわいらしい顔立ちをしていたが、ボロ切れに身を包んでいるせいか、薄汚れた印象を受ける。

彼女の姿に、コリンは奇妙な印象を受けた。

「あれ？　……見たこと、ないハズだよな？」

にも関わらず、どこかで会ったことがある気がするのだ。

恐る恐る、声を掛けてみる。

「君、どうしてこんな所にいるの？」

——返事はない。少女は身じろぎひとつせず、どこか一点を見つめるのみ。

「ねえ、何とか言ってよ」

「…………」

「ねえったら」

「…………」

いくら呼びかけても、同様だった。

「困ったなぁ……ん？」

ため息をつきかけたコリンの表情が、微妙に変化する。

どこからか、イヤな視線を感じるのだ。

「何だ？　ま、まさか、長老さまの言ってた怪物が見てるのか？」

悪い予感に、彼はいたたまれない気分になる。もし、少女を洞窟に放置しておいて、怪物に襲われでもしたら――。

「……やっぱり、危ないよ。取りあえず、僕のお世話になってる宿屋に行こう。ね？」

コリンは少女の手を取ると――抵抗するそぶりはなかった――入ったばかりの洞窟を出るのだった。

「あ、やっと戻ってきた！　やっほー、コリンちゃ～ん！　いいモノ、見つかった～？」

村に戻ると、コリンをずっと待っていたサリアンが、村の入口で大きく手を振ってきた。

しかし、コリンが少女連れであることに気付くと、彼女は当然ながらビックリした表情を浮かべる。

「……だ、誰なのよ、その子っ⁉」

「それが、僕にも分からないんだけどさぁ」

コリンが事情を説明すると、サリアンは不思議そうな顔で、少女の姿をシゲシゲと見つめた。

「ふ～ん。ちょっと、信じられない話だけど……ま、いいか」

そして、先程のコリンと同様に声を掛けてみた。

「ね、名前はなんていうの？　……反応無し、かぁ」

肩をすくめる彼女に、コリンは気遣わしげに尋ねる。

「取りあえず、宿屋に連れて帰りたいんだけど、いいかな？」

「今さら、くだらないコト言うわねえ」

すかさず、サリアンの憤慨混じりの言葉が返ってきた。

「いい？　あの宿屋はアタシたちだけじゃなくて、アンタの家でもあるの。何をそんなに、遠慮することがあるのよ？」

「ご、ごめん」

「そんなことより、早く行こ」

言いながら彼女は、少女の手を取って歩き出す。どうやら、少女を宿屋に連れていくこと自体には何の問題もないようだ。

「……ありがとう、サリアン」

ホッとした表情を浮かべ、二人と共に宿屋へ戻ろうとするコリン。

その時。

「こぉ〜りぃ〜ん〜っ！」

「うわっ⁉」

いきなり手首をつかまれ、コリンは思わず大声を上げてしまった。

慌てて後ろを振り返ると、そこには長髪と長いヒゲですっかり顔の隠れている老人が立っていた。

この村の長老であった。

「ずいぶんと勇ましいモノを持っておるではないか、ん？」

長老はコリンの持っていた小剣と盾を一瞥《いちべつ》すると、長い眉毛《まゆげ》越しに目を光らせる。

「これを持って村の外に出て、何をしておったのだ？」

「い、いえ、それは、その……」

そして、しどろもどろのコリンを、宿屋とは別の方向へ引っ張っていった。

「ちょっと、ワシの家に来い！　ちゃんと話を聞かせてもらうぞ！」

「えーっ、そんなー……あ、サリアン、待ってよ！　おーい！」

聞こえていないのか、それとも聞こえていて無視しているのか、サリアンはコリンを振り返ろうともせず、宿屋の中へ消えていった——。


「疲れた……長老さまのお説教は長いんだよなぁ」

ようやく解放され、長老の屋敷から出てきたコリンは、疲れ果てた表情で呟いた。

長老のしゃがれ声が、彼の耳の奥に、すっかりこびりついてしまっている。

『子供はあの洞窟に入ってはならんと、何度も言ったじゃろう！』

「……僕だってもう、お酒も飲める歳になったんだけどなぁ」

大きなため息をつきながら、コリンは改めて宿屋に戻ろうと歩き始める。

ふと、耳の奥に、説教の合間に長老がしみじみ語った言葉がよみがえった。

『それにしても……孤児だったお前が、都からこの村に来て、ずいぶん経ったものだのォ』

——実際には、まだ幼かった彼は、当時のことをあまりよく覚えていない。所用で都を訪れていた宿屋の主人〝ギリー〟と出会った時のことも、後にギリー本人から聞かされた話を覚えているだけだった。

「でも、ギリーおじさんに最初に食べさせてもらったパンの味は、ちゃんと覚えてるなあ。アレは、おいしかった」

日々の糧を得ることさえ難しかったコリンにとって、『一緒に田舎で暮らさないか』という誘いは、あまりにも魅力的だったのだろう。彼はその場で、ギリーに引き取られることに同意した。

その後、コリンはギリーに、実の娘であるポーニィやサリアンと分け隔てなく育てられた。そして、ギリーが数年で病死してからは、ポーニィやサリアンを助け、一緒に宿屋を切り盛りするようになった。両親の顔すら覚えていないコリンにとっては、二人はかけがえのない家族といえる。

『あの宿屋はアタシたちだけじゃなくて、アンタの家でもあるの』――今さらながら、先程のサリアンの言葉が、胸にしみる。

「やっぱり……長老さまに説教されたくらいで、洞窟探検をあきらめるわけにはいかないか。二人に何かプレゼントしても、バチは当たらないよね！」

コリンは改めて心に誓い、少し晴れやかな気分で宿屋に戻った。

「ただいまー！」

しかし――ポーニィの言葉を耳にした瞬間、彼の表情は一変する。

「おかえりー。お姉ちゃんなら、コリンが見つけてきた女の子と一緒に帰ってきてるよ」

「おんなのこ？　……あーっ！　そーいえばそうだったぁーっ！」

情けないことに、コリンは長老の説教と回想に気を取られるあまり、自分が洞窟の入口で見つけた少女のことを、すっかり忘れてしまっていたのだ。

気が動転して、ワケもなく慌てるコリン。

「二人はどこ⁉」

「お姉ちゃんの部屋だけど、今は……」

ポーニィの補足も、耳に入らない。彼はノックもそこそこに、サリアンの部屋のドアを開ける。

「サリアン、戻るのが遅くなってゴメン！　さっきの女の子は……あれ？」

部屋の中央まで足を運んで、ようやく気付いた。室内に、サリアンの姿がないのだ。見ると、部屋の奥のドアが開け放たれ、その向こうから人の気配が感じられる。

(あ、向こうにサリアンがいるのか)

コリンは深く考えず、ドアから顔を覗《のぞ》かせて――そして表情を強ばらせた。

「いやあ、温まるわぁ。ホラ、アンタも入ったら？　……相変わらず無反応なのはいいけどね、そのカッコで湯舟につからなかったら、風邪引いちゃうってば」

彼の耳に届くサリアンの声は、反響を伴っていた。

当然である。そこは――サリアン専用の、お風呂だったのだから。

湯気で多少さえぎられていたが、それでもコリンの視界には、サリアンの豊かな胸や、洞窟で見つけた少女のスレンダーな裸体が、突き刺さるように飛び込んできた。

サリアンは、浴槽の縁にもたれかかってくつろぎながら、腑《ふ》に落ちない様子で呟く。

「それにしてもコリンのヤツ、どこ行っちゃったのかしら？　アタシに内緒で急に姿くらまして……あ」

ふと、呟きが止まる。

何気なく振り返った瞬間、固まっているコリンと目が合ったのだ。

しばらく沈黙が続いた後、コリンは気まずそうに口を開いた。

「ゴ、ゴメン」

CRITICAL!

「……キャーッ！」

悲鳴と共に飛んできたのは——木製の風呂桶だった。

「アンタ、ナニ覗いてんのよっ⁉　変態、痴漢‼」

慌てて胸を隠しつつ、とっさにサリアンが投げた風呂桶は、コリンのアゴに見事命中。


カポーンッ！


「ぐえっ！」

サリアンの部屋の中央まで吹っ飛ばされたコリンは、情けないうめき声を最後に、気を失うのであった。

合掌。


「お姉ちゃん、服を着せ終わったよ」

「ありがと。それにしても、自分で着替えもできないってのは、相当ヘンだね、この子」

ポーニィとサリアンの会話を聞きながら、コリンはようやく意識を取り戻した。

痛そうにあごをさすりながら辺りを見回して、ここが先程と同じサリアンの部屋であることを確認する。どうやら、気絶したまま放っておかれたらしい。

「サ、サリアン、さっきはゴメン」

彼がとっさに起き上がって謝ると、サリアンはあきれ果てた表情で言った。

「まったく、デリカシーがないんだから。女の子の部屋に入る時は、もっと気を付けなさいよ！」

「でも、ドアを閉めてなかったお姉ちゃんも悪いよぉ」

横で聞いていたポーニィが、苦笑いを浮かべる。

「ところでコリン、話はお姉ちゃんから大体聞いたわ。私もお姉ちゃんも、この子がウチの宿屋で暮らすことには賛成よ」

「ホント？」

「ウン。ずっと洞窟にいるのは危ないもの。それに私も、新しい〝妹〟ができるのは嬉《うれ》しいしね」

そして、やや表情を改めて、少女に視線を送った。

「…………」

入浴のおかげでこざっぱりした少女だったが、相変わらず感情も顔に表さず、無言でその場に立ちつくしている。

彼女の様子を気遣わしげに見つめながら、サリアンは口を開いた。

「一緒にお風呂に入った時も思ったんだけど、やっぱりこの子、普通じゃないよ。単に無口とかいうんじゃなくてさ、人間らしさがないのよね。何て言うか……〝魂の抜け殻〟って感じかな」

「魂の抜け殻……」

的確な表現に、コリンの表情も厳しくなる。確かに、他人のなすがままに動き、自分では動こうとも話そうともしない少女の中に、魂が入っているようには見えなかった。

不意に、ポーニィが語り始める。

「ねえ、もしかしたら、何かすっごく大きなショックを受けたんじゃないかな？」

「ショック？」

「ウン。人は大きなショックを受けると、記憶をなくしたり心を閉ざしたりすることがあるって、本で読んだことがあるの。この子も本当は、魂の抜け殻じゃなくて、ただ心を閉ざしてるだけじゃないかしら」

「へえ……相変わらず、ポーニィは物知りだねー」

彼女が普段から本を読んでいることを知っているコリンは、素直に感心した。

しかし、すかさずサリアンが混ぜ返す。

「で、その本に出てくる王子様は、どうやってお姫様を助けたんだい？」

「茶化さないで！」

「でも、そーいう本ばっかり読んでるじゃない」

「〝ばっかり〟じゃないわよっ」

モメる姉妹の横で、コリンはしかめ面を作って呟く。

「大きなショック……そういうモノがあったとすると、やっぱり洞窟の中でかなぁ」

するとと、それを聞いたポーニィが提案してきた。

「だったら、プレゼントなんてどうかな？」

「プレゼント？」

「そう。洞窟で宝物を探して、それをプレゼントするのよ。もし、この子が本当に洞窟で大きなショックを受けたんだったら、宝物の中には懐かしいモノとか、怖い目に遭った時のモノとかがあるんじゃないかしら」

そういう物を見たら、少女が心を開くきっかけになるかもしれない――ポーニィの主張は、コリンを納得させるのに充分なものだった。

「だけど宝物って、宝石とか？」と、再び妹をからかうサリアン。

「女の子は誰だって、そういうキレイなモノが好きだし。この子にもきっと、宝石が一番効くよ」

「効くとか効かないとか、そういうコトじゃないのっ！　女の子がみんな、お姉ちゃんと同じだと思ったら、大間違いなんだから」

ポーニィのふくれっ面に、コリンは思わず苦笑してしまう。

だが、その間も少女の顔に、表情はなかった。三人の会話を聞いても、やはり何の感情も抱かなかったようだ。

(僕が見つけてきたんだから、僕がこの子を何とかしてあげないと……!)

彼女を眺めつつ、自分に言い聞かせるコリンであった。

第2章　モンスターの宮殿

宿屋で一眠りした後、コリンは再び洞窟《どうくつ》に入った。

「……改めて来ると、威圧感あるなー」

湿っぽく、すえた臭いのただよう洞窟の空気に触れ、コリンの胸は自然と高鳴る。

自らの緊張を抑えようと、彼は小剣を握る手に力を込めつつ、努めておどけた調子で独り言を口にした。

「それでも、行かなきゃ。〝フィーリア〟だけじゃなくて、サリアンにも宝物を持って帰らなきゃいけないんだから」

〝フィーリア〟とは、洞窟で見つけた少女のことである。

『いつまでも〝この子〟呼ばわりじゃ、この子が可哀想《かわいそう》よねえ』

というサリアンの言葉を受けて、仮の名前をつけたのだ。

『遠い国の、昔話のお姫様の名前なの。かわいいでしょ？』

とは、命名者のポーニィの言葉である。

——コリンは意を決して、歩き始めた。

途中、フィーリアを発見した場所を通り過ぎても、歩みは止めず、さらに奥を目指す。

すると、しばらく歩いたところで、彼は洞窟の突き当たりにたどり着いた。ただ、最奥部でないことは、コリンにも一目で分かった。

何故なら、彼の立ち止まった先にあったのは、古くて小さな扉だったのだから。

「……村の大人が、奥からモンスターが出てこないように造ったのかな？」

推測を立てるコリン。しかし、その割には錠前もついていないし、かんぬきもない。

それでも、この扉の先が危険な場所であることは、彼にも容易に想像できた。

そして、心の準備もできている。

「さあ、ここからが洞窟探検の始まりだぞ、コリン……！」

自らを奮い立たせ、ゆっくりと扉を押し開いて、コリンはさらに前進を始めた。

長い一直線の横穴を歩き、L字型の突き当たりを右に曲がると、そこは小さな空洞になっていた。コリンが空洞の中央まで進むと、その位置から見て前方と左方にはさらに、細い横穴が伸びていた。

「ここって……自然に出来た洞窟じゃないんだろうな」

左方の横穴を選んで進みながら、彼は不安げな表情を浮かべた。

「どう見ても、誰かが掘って造ったんだ。そうでなきゃ、こんな〝通路〟みたいな横穴、都合よく何本も伸びてるはずないもん」

――コリンの考えが正しかったことは、すぐに証明された。

彼が進んだ横道の突き当たりには、〝下り階段〟があったのだ。斜めに傾いている縦穴に段差をつけただけの、急角度の代物ではあったが、段差が同じ間隔で並んでいる様子は、階段以外の何物でもなかった。

「ひえー……やっぱりこの洞窟、誰かが造った人工的な建造物なんだ！」

我知らず、感嘆の言葉が口をつくコリン。フィーリアと出会った時点で薄々感づいていたとはいえ、こうしてハッキリとした証拠を見せられると、恐怖心と好奇心が同時に、そして強く刺激される。

「誰が造ったんだろう？　それより……本当に、人間が造った洞穴なのかな？」

さらに胸の鼓動を速めながら、コリンは足を滑らせないよう、慎重に階段を下りた。

〝地下1階〟は階段の上と同じく、大小様々な空洞と、それらを結ぶ〝通路〟で構成されていた。

空洞には、コリンの身の丈ほどもありそうな大岩がいくつも転がっていた。一方、足許には、つま先を引っかけそうなデコボコなどほとんどなく、〝床〟といっても差し支えないほどのなだらかさである。

「これはもう、空洞っていうより、石造りの〝部屋〟だな……」

洞窟の造り主の〝丁寧さ〟にコリンは、あきれとも感嘆ともつかぬため息を漏らした。

その時――何かが突然、彼の目の前をよぎった！

「うわっ!?」

いきなりのことに、思わず声をあげてしまうコリン。慌てて視線を走らせると、彼から5歩ほど離れたところに、怪しげな生き物が現れた。

「ヌボッ！」

妙な叫び声をあげたその生き物は、身の丈はコリンの半分ほど。体色はくすんだ緑色で、厚い唇は妙に白かった。犬とサボテンをかけ合わせたような風貌《ふうぼう》は、ハッキリ言ってかなり異様である。

そして驚いたことに、二本の短い後ろ脚でまっすぐ立ち、前脚——つまり手には、コリンが持っている物をもっと粗末にした感じの短剣を持っている。

「な、な、何だ⁉　人間みたいだぞ、コイツ⁉」

直立し、武器を持つ生き物など、当然コリンは見たことがない。これが、長老の言っていた〝モンスター〟の一種なのだろう。

彼は半ばパニックに陥りながらも、やっとの思いで盾を前に突き出し、万が一の時に反撃できるよう剣を肩の辺りで構えた。

「ぼっ、僕を襲おうとしても、ムダだぞ！　僕の剣の腕前を、知ってんのかっ⁉」

言葉が通じるのかどうかも分からぬまま、コリンは精一杯の虚勢を張る。しかし、モンスターの目がギロリと動くと、とっさに悲鳴を上げてしまいそうになる。

（ス、スキを見せちゃダメだ！　見せたら襲われる！）

恐怖を必死に抑え込み、相対しながら距離を測るコリン。一方のモンスターも、

「ヌボ……ヌボッ」

と、妙な声でうなりつつ、ジリジリと距離を詰めてくる。

やがて、コリンとモンスターの間に流れる緊張が頂点に達した、その時。

「……ヌボッーッ!!」

モンスターが、洞窟全体に響くほどの大声で吼《ほ》えた。

「く、来るっ！」

コリンは、モンスターが襲いかかってくることを予測して、防御の体勢を取る。

果たしてモンスターは、短剣を振り回しながら、コリンめがけて突進してきた。

しかし。

「……あ、あれ？」

モンスターの襲撃に、コリンは拍子抜けの表情を浮かべた。

確かにモンスターは突進してきているのだが——そのスピードは、赤ん坊がヨチヨチ歩きをするよりも遅かった。いかんせん、脚が短すぎるのだ。

モンスターはワキ目もふらずに駆け寄り、コリンに斬《き》りかかってきた。

だが、あまりにもノロノロとしたその動きは、コリンにも簡単に見切ることができる。

〝食らえーっ〟とでも叫んでいるのか、金切り声でわめきながらモンスターが振り下ろした短剣はしかし、コリンの盾でアッサリと受け止められた。

「ヌボボーッ!!」

「ええーい！」

コリンが盾で短剣を振り払うと、モンスターはバランスを崩して、あっけなくその場で転んだ。

「ヌ、ヌボッ？」

モンスターはすかさず立ち上がって、再びコリンに向き直る。モンスターの表情など分かるはずがないのに、〝彼〟が驚いていることが、コリンには何となく理解できた。

（ひょっとして……コイツ、弱い⁉）

一瞬、コリンの脳裏に浮かぶ予感。

それを確かめるべく、彼は思いきって、小剣を振りかぶってみる。

効果は、てきめん。

「ヌボーッ、ヌボーッ！」

モンスターは情けない声で鳴きながら、一目散に――といっても、足が遅いためヨチヨチとだが――逃げていった。

コリンは〝彼〟の後ろ姿を見つめ、安心するとともに、半ば茫然《ぼうぜん》とした心持ちで呟《つぶや》いた。

「……結局、アレは何だったんだ？」

その後、洞窟をあちこち探索したコリンは、さらに地下へ潜る階段を発見し、〝地下2階〟へ向かった。

「この洞窟って、何階まであるんだろう……？」

疑問を抱きつつ、彼は地下2階も探索する。

途中、先程の緑色のモンスターの仲間らしい連中が何体も現れた。しかし、とことん動きの遅い〝彼ら〟を追い払うのは、さほど困難な作業ではなかった。

「ヌボー！　ヌボッ、ヌボッ」

「わーっ、こっち来るなーっ！」

「ヌボボボーッ！」

モンスターを何度も撃退しながら——台詞だけだと、かなりマヌケな応酬だが——コリンはどうにか、さらなる下り階段を見つけ出す。

この階段を慎重に下りるうちに、コリンはふと、違和感を覚えた。

ここ、地下3階は、上の階よりもずっと明るいのである。

理由は、すぐに分かった。岩肌に備え付けられているランプの数が、倍以上なのだ。

「どうして、ここだけ……あっ！」

首をひねりかけたコリンの表情が、すかさず険《けわ》しくなる。

正面の細い通路に、またしても緑色のモンスターが立っていたのだ。しかも、モンスターは階段に向かって歩いてくる。既に、コリンの存在に気付いていたのだろう。

「くそう、まだ僕と戦うつもりか！」

モンスターとの戦いに少し慣れてきたコリンは、さっそく小剣と盾を構える。

しかし、次の瞬間——彼は腰を抜かすほど驚いた。

「やっと着いたヌボか。おまえ、人間のクセに足遅いヌボ」

「……………モ、モンスターがしゃべったぁぁぁっ!!」

妙ななまりはあるものの、目の前のモンスターが、ハッキリと自分に理解できる言葉を口にしたのだ。コリンの驚愕《きょうがく》は並大抵のものではなかった。

「ど、ど、ど、どーしてっ⁉」

「言葉を話すのが人間だけだと思ったら、大間違いヌボ」と、モンスター。

「それから、わしらを単にモンスターと呼ぶな。れっきとした〝ヌボリアン〟っていう種族名があるヌボ」

「…………」

あっけにとられたままのコリンに、ヌボリアンは通路の奥を指して言った。

「さあ、ボスがお待ちかねヌボ。引き合わせるから、ついてくるヌボ」

「え？　ボ、ボ、ボス？」

聞き返すコリンに構わず、ヌボリアンはさっさと歩き出す。慌ててコリンがついていくと、ほどなく、かなり大きな部屋に入った。村の長老の屋敷すらスッポリ入りそうな、巨大な空間であった。

「うわぁ……こんなに広い部屋、今までなかったなー」

あきれたように天井を眺めたコリンは、正面を見た途端、さらに驚いて目を見開く。

そこには、ヌボリアンには大きすぎるように見える、こぎれいなイスが置かれていた。イスの両側には、槍《やり》らしき物を持ったヌボリアンが二人、やや後方に控えている。

そして、イスには小さな王冠をかぶり、赤いマントを羽織ったヌボリアンが、目一杯ふんぞり返って座っていた。

「……玉座なのか、アレ？」

コリンが無意識のうちに呟くと、間接的な肯定の言葉が聞こえてきた。

「わしの宮殿によく来たな、人間。わしは、大昔からこの洞窟に住んでいる、ヌボリアン一族の王様。名前はバランゴボンババ十八世。でも、長すぎるから、単に〝ヌボリアンボス〟って呼んでもいい」

「はあ、分かりました」

何と答えればいいのか見当もつかず、コリンはぎこちなく頭を下げた。彼の心中を察したのか、〝ヌボリアンボス〟はさっそく、本題に入る。

「ところで、〝白ボラボラの君〟は元気か？」

「……しろぼらぼらのきみ？」

「洞窟の入口にいた、人間の女の子のこと」

「…………フィーリアのことか！　どーして知ってるんだい⁉」

「そうか、おまえはフィーリアというう名前を付けたのか」

仰天するコリンに、ヌボリアンボスは納得の面持ちでうなずいた。

「ボラボラの花のように真っ白だったから、わしらは〝白ボラボラの君〟と呼んでいた。でも、これからはおまえと同じ名前で呼ぼう」

しかし、コリンにはそんな言葉を、余裕を持って聞くことができなかった。彼は相手が〝王様〟であることも構わず、すがりつくようにして玉座に詰め寄る。

「そ、それより、フィーリアのことを聞かせてよ！」

「コ、コラ！　お前、ボスに失礼ヌボ！」

衛兵――槍を持っていたヌボリアンが慌てるが、ヌボリアンボスは一言「かまわん」と、重々しく制し、改めてコリンに話し始めた。

「さて、おまえがフィーリアを見つけたのは、実はわしらの計画」

「えっ？」

「人間の勇者を捜していて、それでおまえ見つかった。おまえ、勇者と認める価値のある男。だから、今からフィーリアについて話そう」

──ヌボリアンボスの話によると、彼らが洞窟の最奥部でうずくまっているフィーリアを見つけたのは、ずいぶん前のことであった。

この時、彼女はひどく衰弱していたので、ヌボリアンたちは「放っておけない」と、宮殿で保護することにした。

ところが、彼らの懸命の世話が奏功して元気になったフィーリアだったが、ひとつ大きな問題があった。

宮殿に連れてきた時から、彼女は心をどこかに置いてきたかのように、全く無感情だったのだ。こればかりは、ヌボリアンたちが手を尽くしても、まるで回復しなかった。

「……やっぱり、人間のことは人間に任せるしかない。そう思ってわしらは、洞窟の入口の近くにフィーリアを立たせ、人間を待っていた」

「そこにやってきたのが、僕……ってことかぁ」

フィーリアと出会った時のことを思い出し、コリンは驚きを隠せない。

「じゃあ、あの時、僕が感じた視線は……」

「もちろん、わしらだ。おまえが勇者かどうか、見定めようとした。本来は争いごとを好まないわしらが、わざとおまえを襲ったのも、そのため。でもどうやら、わしらの見込みは間違ってなかった。だから、おまえにこれをやる」

ヌボリアンボスが合図を送ると、配下のヌボリアンが何かを持ってきて、コリンに差し出した。

「こ、これ……僕に？」

コリンが驚きながら受け取ったのは、彼が使っている物より一回りずつ大きな剣と盾。どちらも、ヌボリアンの顔のレリーフが多数施してある、かなり趣味の悪い代物であった。

「わしらにとっては最高級の武器。人間には大した物じゃないが、それでもおまえの使ってる剣と盾よりはマシ」

「あ、ありがとう……」

ためらいがちに礼を言うコリンに、ヌボリアンはさらに何かを差し出す。

「それ、フィーリアにプレゼントしてやれ」と、ヌボリアンボス。

「わしらがプレゼントしても、フィーリアは心開かなかった。でも、おまえ、人間。おまえがプレゼントすれば、フィーリアも心動かすはず」

コリンが彼から受け取ったのは――白くて小さな花の束だった。

「何、これ？」

不思議そうな表情を浮かべるコリンに、ヌボリアンボスは分厚い唇を震わせて、言った。

「それが、白ボラボラの花だ」

洞窟から大急ぎで宿屋に戻ったコリンは、ヌボリアンの〝宮殿〟での出来事を簡単に、ポーニィとサリアンに聞かせた。

「……不思議な話ね」

話を聞いたポーニィは、軽くため息をもらした。

「それに、人間以外にも、ちゃんと言葉を話す生き物がいることにも、ビックリしちゃう」

「だけど、フィーリアってどうして、洞窟の一番奥になんかいたんだろ？」

妹ほどロマンチストでないサリアンは、その疑問の方がヌボリアンなどよりよほど重要なようだ。

「一人で、そんなところまで行ったのかしら？　それとも、誰かに連れられて……？」

「それを知るためにも、まずフィーリアの心をどうにかしないとね」

コリンは話を締めくくって、フィーリアの場所を尋ねる。

「フィーリアちゃんなら、こっちよ」

ポーニィとサリアンに案内されたのは、宿屋の入口に一番近い客室だった。

「今の状態の彼女に、2階の客室を使わせるのは危ないと思って、ここにしたの」

「その方がいいね」

ノックとともに扉を開けると、フィーリアはベッドに、相変わらず無表情のままで腰を下ろしている。

「コリンが洞窟に行ってる間も、何度か話しかけてみたんだけど……」

「反応無しだったってワケだね……ただいま、フィーリア」

ポーニィの説明を聞きながら、コリンは自ら呼びかけてみた。

案の定、フィーリアは彼の方を向こうともしない。うつろに開いた目を、あらぬ方角に向けたままだ。

「だけどフィーリア、花束をもらって喜ぶかなあ」

「お姉ちゃんなら、宝石以外をもらっても喜ばないだろうけどね」

「人聞きの悪いコト言うわねー」

姉妹が背後でヒソヒソ話しているのを聞きながら、コリンは白ボラボラの花束を、フィーリアの目の前に差し出す。

次の瞬間、コリンたちは目を見張った。

今まで全く、自発的に動こうとしなかったフィーリアが、花束にゆっくりと手を伸ばしたのだ。

「あっ！」

突然の変化に、三人は息を呑《の》む。

緊迫感の漂う中、フィーリアは花束をコリンから受け取り、自らの胸元に引き寄せた。

そして——呟いた。

「きれい……」

「……今、『きれい』って言ったよね⁉」

思わずサリアンの声が、興奮でうわずった。

「ウ、ウン！　確かに言った！」

と答えるコリンの声も、わずかに震えている。

ポーニィは満面の笑みで、コリンをねぎらった。

「よかったね。プレゼント作戦、大成功じゃない……アラ？」

ふと、彼女の笑顔が、怪訝《けげん》そうな表情に変わる。

「……フィーリア、ひょっとして泣いてる？」

「えっ？」

見ると、フィーリアの両目には、涙がうっすらと浮かんでいた。

「フィ、フィーリア、どうしたの？」

狼狽《ろうばい》するコリンの問いには答えず、フィーリアは消え入りそうな声で言った。

「おねえ、ちゃん……」

「…………」

謎の言葉に、途方に暮れるコリン。

それを見たポーニィが、ポツリと呟いた。

「フィーリアちゃん、きっと悲しいことがあったのね」

「悲しいこと？」

「うん。ひょっとしたら、それがきっかけで心を閉ざしちゃったのかも」

「そんな……」

コリンはたまらない気分になった。

ポーニィの推測通りだとすると、洞窟でさまよう前のフィーリアに、どのような出来事が起こったのだろうか。彼には、想像することすら恐ろしかった。

「ねえ、泣かないでよ、フィーリア」

声を掛けるコリン。自分の言葉が、フィーリアの耳や心に届いていないかもしれない——そんな懸念は、一時的に彼の頭の中から消え去っていた。

そうでなければ、このような言葉は言えなかったに違いない。

「もう、君を悲しませないから。君は、僕が守ってあげるから」

フィーリアの涙を止めようと口にした台詞。

図らずもそれは、コリンの〝決意表明〟となったのである。

「だから、泣かないでよ。フィーリアの心は……フィーリアの笑顔は、僕がきっと取り戻してみせる」

第3章　洞窟だけの世界

「どーなってんだよ、この洞窟《どうくつ》⁉」

——再びヌボリアンの宮殿を訪れたコリンは、ヌボリアンボスの顔を見るなり、たまりかねたように叫んだ。

しかし、ヌボリアンボスは意に介さない。

「おお、おまえか。白ボラボラの花の効き目はあったか？」

「う、うん、花束をあげたら、フィーリアが初めて言葉を話して……って、その話はあとでいいんだよ！」

コリンは思わず、じれったそうに怒鳴った。

「どーして洞窟の様子が、前に来た時とこーんなに変わってるんだ⁉」

「何が変わったか？　どこかに、花畑でもできてたか？」

「そういうことじゃなくて……部屋の大きさや場所とか、通路の本数とかが、前と全然変わってたんだよ。まるで、別の洞窟に入ったみたいなんだ」

そもそも、地上にあった木の扉をくぐった時から、コリンは強い違和感を覚えた。

最初の長い通路の突き当たりが、Ｌ字型だったはずなのに、何故かＴ字型になっていたのだ。

『あれえ、こんなだったっけ？　……まあ、僕の思い違いか』

その時点では自分に言い聞かせ、前回と同様に右折したコリン。

しかし、彼の目の前に現れたのは、奥と左に通路がつながっている部屋ではなく、右へ左へクネクネ曲がった、長い一本道の通路だったのだ。

部屋の配置が全く変わっている――予想もしなかった事態に、コリンは大きく戸惑った。

『……おかしい！　前は、こんな風じゃなかった！』

もちろん、階段の位置もまるで変わっている。ヌボリアンの宮殿にたどり着くために、コリンは苦労して階段を探さなければならなかったのだ。

「ああ、そのことか」

――彼の話を最後まで聞いても、ヌボリアンボスの反応は鈍かった。

「おまえ、この洞窟の秘密、知らない」

「洞窟の……秘密？」

怪訝《けげん》そうな顔をするコリンに、彼はマントのエリを直しながら説明する。

「この洞窟は、よく姿を変える洞窟」

「……はあっ⁉」

「どうしてだか、わしには分からない。だが、この洞窟はすぐに、部屋の場所が変わる。わしらも宮殿から離れる時は、匂《にお》いをたどらないと帰るのに苦労する」

「な、なんだそりゃ？」

「わしらには、いつものこと。だから、驚かない。でも、おまえ知らなかったか」

自明のことのように話す彼を前に、コリンはあっけに取られて言葉もない。

そんな彼に、ボスの指示を受けたヌボリアンが、何かを手渡した。

「これ、白ボラボラの君……じゃなくて、ヒ、ヒーリアへの贈り物ヌボ。丹精込めて作ったから、ぜひ渡してほしいヌボ」


「で、もらってきたのが、〝アレ〟なんだ……」

宿屋に戻ったコリンがいきさつを話すと、サリアンはいかにも不思議そうになった。

「そういえば、モンスターには手先の器用なのもいるって、ポーニィから聞いたことはあったけど……まさか、あんなモノを作るなんてねぇ」

「僕も驚いちゃってさー」

と、コリン。洞窟から帰ってきて間もないためか、かなりくたびれた顔をしていた。

「でも、どうなんだろ？　ヌボリアンたちが作ってくれたモノで、フィーリアの心を開くことってできるのかなぁ」

「ダメで元々なんじゃない？　どのみち、結果はもうすぐ分かるよ」

「そりゃあ、そうだけど……」

いろいろ話している二人の耳に、ポーニィの声が飛び込んでくる。

「準備オーケー！　入ってきていいわよ」

声は、フィーリアの使っている客室から聞こえてきた。コリンたちはさっそくドアを開けて――二人はドアのすぐ外で待っていたのだ――部屋に入った。

その途端、コリンは一瞬、声を失う。

（か、かわいい……！）

彼の目に映ったのは、ヌボリアンからのプレゼントを身にまとった、フィーリアの姿。

そして、ヌボリアンがフィーリアに贈ったのはなんと、女の子の服であった。

すみれ色のワンピースの上に、胸までの丈の白い上着を羽織り、赤いリボンを胸元につけている。

その服装は、フィーリアの清楚《せいそ》な雰囲気を、実によく際立たせていた。

「カワイイでしょ？」

フィーリアに服を着せたポーニィは、ちょっと得意げに尋ねる。

間髪を入れず、サリアンが黄色い声を上げた。

「いやぁ～ん、ホントにカワイイじゃん！　ねえ、この服、あとでちょっとだけ貸してくんない？」

「何言ってんの。お姉ちゃんとフィーリアちゃんとじゃあ、サイズが全然違うじゃない」

「あ、そっか。アタシのムネが収まんないか。グラマーなボディって、こーゆー時に損よねえ」

　残念がっているのか自慢しているのか分かりづらい姉を放っておいて、ポーニィはフィーリアを優しくうながす。

「ほら、フィーリアちゃん。お礼は？」

「……お礼なんて言えるのかい？」

　意外そうに尋ねたコリンの顔に、ほどなく驚愕の色が広がった。

「えへへ……」

　ちょっと前まで全く無表情だったフィーリアが、照れ笑いを浮かべているのだ。

「フィ、フィーリア！」

　驚きで目を丸くするコリンに、彼女ははにかみながら言った。

「おにいちゃん、ありがとう……」

「お、おにいちゃん……？」

　コリンは目に見えて戸惑った。

「言われ慣れてないからって、そんな顔しないの」

　ポーニィは、クスクス笑いながらたしなめる。

　確かに彼女の言う通り、未経験の呼称を使われたことに対する戸惑いは大きい。

　しかしそれは、既視感《デジャヴ》を強く伴ったものであった。

（この前、夢の中で、僕を〝おにいちゃん〟って呼ぶ女の子がいなかったか……？）

その少女が、フィーリアだったのだろうか――コリンは一瞬、そんな疑問を感じたのだ。

ただ、

「ねえコリン、フィーリアの表情、ちょっと明るくなったと思わない？」

というサリアンの意見には、疑問を感じる余地など微塵《みじん》もなかった。

「うん……プレゼントがこんなに効果的だとは、思わなかった」

「だったらさ、サリアンちゃんに何かプレゼントしても、効果はあるんじゃないかな？」

「……プレゼントできるように、努力します」


プレゼントをすることで、フィーリアが少しずつ感情を取り戻す。

そのことが確認できたことで、洞窟を探検するコリンのモチベーションは、大きく高まった。

そこでコリンは、

「フィーリアの興味を引きそうなものを、もっとたくさん探さなきゃ！」

と、自らに言い聞かせ、繰り返し洞窟を探検することになった。

「フィーリアちゃんのためだからって、あんまりムチャしちゃダメよ」

「ありがとう、気をつけるよ。じゃ、行ってきまーす」

このような会話を毎回交わしつつ、コリンは意気揚々と宿屋を出発し、洞窟へ足を踏み入れる。

すると、洞窟内の部屋の配置は、当然のように毎回変わっている。

意識せずとも、ついため息が漏れてしまうコリンであった。

「いちいち、最初から探検をやり直すのは……やっぱり面倒《めんどう》だなあ」

それでも彼はめげることなく、何度も洞窟探検を敢行した。

その際には〝前線基地〟として、ヌボリアンの宮殿――階段からの道順に変化はあるものの、常に地下3階に存在していた――が非常に役立った。

ヌボリアンたちはフィーリアの件に恩義を感じているのか、コリンに対してとても友好的であった。

『わしら、モンスターとしては非力ヌボ。だから、ここから下の階へは行かないヌボ』

とのことで、ともに探検することはなかったが、洞窟に関する情報は、惜しげもなく提供してくれた。

『モンスターはみんな、光るモノが大好きヌボ。だから、そういうモノを集めては、宝箱に隠してるヌボ』

『宝物の中には、魔法が封じ込まれた、〝オーブ〟という水晶球があるヌボ。うまく使えば、モンスターに囲まれてもへっちゃらヌボ！』

『地下深く潜っていくと、落とし穴とか、毒霧を吹きかけてくるカラクリとか、いろいろな罠《わな》が仕掛けてあるヌボ。くれぐれも、注意するヌボ』

——洞窟に住む者の知恵は、幾度となくコリンを救った。

例えば、踏んだ途端に大音響を鳴らすタイプの罠に引っかかってしまったことがある。大きな音を洞窟中に鳴り響かせることで、近くにいるモンスターをおびき寄せるという、手のこんだ代物だった。

しかし、そういう罠があることを聞かされていたコリンは、一斉に集まってくるモンスターの姿にも動じることなく、赤いオーブ——炎の魔法が封じ込められていて、周囲のモンスターを焼き払うことができる——を使って難を逃れることができたのである。

このように、ヌボリアンの情報と、自分自身で得た経験を駆使して、コリンは次第に洞窟の下層へと探検の範囲を広げていった。

下層へ行くに従って、コリンに襲いかかるモンスターは次第に多種多様に、そして手強くなっていった。上の階では、犬より大きいカマキリや凶暴なウサギなどといった、普通の動物や虫と大きな差異のないものしか現れない。これが、地下7階や8階まで潜ると、幽霊や火の竜《サラマンダー》など、おとぎ話にしか存在しないと思っていたようなモンスターが殺到してくるのだ。

だが、現れるモンスターの強さに比例して、宝箱の中身には高価な物や珍しい物が増えていった。

「強いモンスターになるほど、光り物が好きなのかなー」

一時期は妙な感慨を受けていたコリンだが、それでもプレゼント探しが順調に進むのはありがたい。彼は飽くことなく、宿屋と洞窟を繰り返し往復し、探検で手に入れた物をフィーリアに贈り続けた。

〝成果〟は、着々と上がった。コリンが宝物を持って帰るたびに、フィーリアの態度は少しずつながら、着実に変わっていったのだ。

『おにいちゃん、ありがとう……』

『えっ、これをフィーリアにくれるの？　嬉《うれ》しい！』

『わあ……これ、カワイイ！　いつもありがとう、おにいちゃん』

――もともと、ボキャブラリー自体は年相応にあるらしく、コリンに礼を言う際の表現は、目に見えて豊かになっていった。

それ以外の会話でも、フィーリアの変化は顕著だった。

「おにいちゃん、お外って、どんなところなの？」

「楽しいところだよ」

「どんな風に楽しいの？」

「太陽の光とか、風が運んでくる優しい香りとかを感じると、僕は最高に楽しいな」

「ふーん、光とか風とかって、楽しいんだ……」


「ねえ、洞窟って、どんなところなの？」

「怖いモンスターがいっぱいいて、危ないところだよ」

「おにいちゃんは、どうしてそんなところに行くの？」

「えっ？　そ、それにはいろいろ理由があってね……（困ったなぁ、今の段階でフィーリアのためだなんて言って、変に心配させるわけにもいかないし）」

「……洞窟の奥に、ドラゴンに捕まったお姫さまがいるから？」

「はぁっ!?　ど、どーしてそーなるんだよ？」

「ポーニィお姉ちゃんが読んでくれた本には、そんな感じのことが書いてあったよ」

「…………（ポーニィはフィーリアに、どんな本を読んで聞かせたんだ？）」

「フィーリアね、本当はお姫さまなの」

「へえ、フィーリアはお姫さまなんだ（……今度は、どんな話をポーニィに聞かされたんだ!?）」

「うん、お姫さまなの。そして、おにいちゃんはフィーリアの王子さま！」

「そ、そうなんだ……（王子さま呼ばわりは、妙に恥ずかしいなぁ）」

「サリアンお姉ちゃん、胸が大きくてうらやましい……」

「そうかな？　あんまり気にならないけど（うーん、少しウソをついてるかな？）」

「ううん！　男の人って、絶対オッパイ大きい方がいいに決まってるモン！」

「か、考えすぎだよぉ（さてはサリアンが、お風呂かどこかで自慢したな？）」

「おにいちゃん、洞窟でモンスターをいっぱいやっつけてるの？」

「いっぱいってワケじゃないけど、僕に襲いかかるモンスターはね」

「やっぱり、やっつけなきゃイケナイの？　ちょっぴり、かわいそう……」

「……僕の方から、わざわざモンスターに剣を振るってはいないつもりだよ」

「それは分かるけど……モンスターとも仲良くなるって、できないのかな？」

——会話を交わすたびに、フィーリアの言葉は豊かに、鋭くなっていく。

そして、時にはコリンがドキリとするような発言も、彼女のかわいらしい唇から飛び出してくる。

そんなフィーリアと話せば話すほど、コリンの確信は深まっていった。

（フィーリアは、順調に心を取り戻してきてる！）

少なくとも——この時点では、そう固く信じていた。


「ん？　この通路、狭すぎないか？」

——通算20回目の洞窟探検。

地下8階から9階に降りる階段を発見したコリンは、そこで不自然な光景に出会った。

階段の脇から、とても狭い通路が伸びていたのだ。

人が一人通るのが精一杯の横幅。少し太った人には、恐らく通行不可能だろう。これほど狭い通路を、コリンは洞窟に初めて入ってから今まで、見たことがなかった。

「たまたま狭いだけなんだろうけど……なんか、気になるなぁ」

それでも、これほどスペースのない場所なら、モンスターが襲ってくる恐れもない。コリンは身体を横にして、通路に割り込ませた。

——コリンはかなり長い、そして複雑に曲がりくねった通路を、カニのような横歩きで、時間をかけて渡りきった。

「あ、あそこが出口か……よし！　やっと抜け出した！」

背と腹を通路の壁面に押しつぶされるような圧迫感から解放され、彼はその場で気持ちよさそうに、大きく伸びをした。

やがて、伸びをやめ、周囲を確認する余裕ができてから、ようやく気付く。

「……洞窟の中に、建物があるぞ？」

コリンがたどり着いた所――そこは、ヌボリアンの宮殿すら比べものにならない、恐ろしく広大な空洞であった。

しかも空洞の中は、洞窟の外の曇り時と同じくらい明るい。

そして、明らかに人が住んでいる民家が、何軒も建ち並んでいた。

「何だ、ここ？　洞窟の中の街なのかな……？」

あっけにとられ、コリンはポカンと口を開けて立ち尽くす。

そこへ。

「……おい、あれを見ろよ！」

「えっ？　ど、どういうことだ⁉」

男が二人――それも、ヌボリアンではない、れっきとした人間の男たちが、コリンの姿を見て、ひどく驚いている。

「あんなヤツ、見たこともないぞ！」

「と、とにかく、長老を呼んで来るんだ！」

「分かった！」

緊迫したやりとりの末、片方の男が一旦その場を離れ、ほどなく一人の老人を連れて戻ってきた。

老人はどことなく、コリンの村の長老に似た雰囲気を漂わせていた。どうやら彼が、この〝街〟の長老のようだ。

彼はコリンの姿を認めると、目をカッと見開いて怒鳴った。

「おいっ！　お前、幽霊じゃな⁉」

「ゆ、ゆうれい？　僕が⁉」

予想もしなかった形で決めつけられ、コリンは目を白黒させる。

「どーしてだよ？」

「わしらは、お前のことを見たことがない。それが理由じゃ」

「そんなムチャな理由があるもんか！」

心外そうな彼に、長老はとんでもない言葉を投げつけた。

「ムチャじゃない！　わしらが見たことがないということは、お前はこの世界の人間じゃないということじゃ！」

「……はぁっ⁉」

耳を疑うコリン。この洞窟の〝住民〟が見たことがないというだけで、どうして自分がこの世界の人間ではないと決めつけられてしまうのだ？

「何を馬鹿なことを言っとるか！」

当然の疑問を口にする彼に、長老の驚くべき言葉はさらに続いた。

「世界といえば、ここだけに決まっとるじゃろうが！　わしらは、そんなことも分からんようなマヌケではないぞっ！」

（オイオイ……！）

彼の言っていることが理解できず、コリンは二の句が継げなくなってしまう。

その様子に納得がいかないのか、長老は岩肌を手の平で叩《たた》きながら、さらに声を張り上げた。

「見よ！　世界は、この〝世界の果て〟で、ぐるりと取り囲まれておる。それなのに、世界の〝外側〟など、あるはずがなかろう！」

「世界の果てって……これがぁ⁉」

当然コリンは驚きの声を上げるが、長老は聞く耳を持たず、空洞の一角を指差した。

「それに、あれを見よ！」

そこには、ちょっとした池にも等しい、大きな水たまりがあった。

（湧き水か……すぐそばを、地下水脈でも流れてるのかな？）

ところが長老は、コリンの想像をはるかに超えた解釈を唱える。

「あれが、海じゃ。生活に必要な水の全部をまかなう、とても大切な場所じゃ」

コリンにとっては『そんなバカな！』と叫びたくなる、あまりに荒唐無稽《こうとうむけい》な説明であった。

感情の高まりを少しでもしずめようと、彼は天を仰いでため息をつく。

そして、再び長老に戻そうとした視線は——天井の一点に、釘付《くぎづ》けとなった。

（うわぁ……でっかいランプだなぁ）

球形のランプが、天井から吊《つ》り下げられていたのだ。

しかも、その大きさが尋常ではない。どう小さく見積もっても、牛や馬などの大型動物と同じくらいのサイズはあった。

（どうやって、あんなところにぶら下げたんだろう？）

あまりに不思議な光景に、コリンは視線をはずせなくなる。

はずすきっかけとなったのは、またしても長老の一言であった。

「お前が見ているソレこそが、太陽じゃ！」

「えーっ⁉」

「太陽の光は苔《こけ》という、素晴らしい自然の恵みを育んでくれる。おお、なんと偉大な輝きじゃろうか……」

コリンにとっては、悪い冗談以外の何物でもない。

（こ、このヒト、何を言ってんだ⁉）

彼は化け物を見るような目つきで、長老をマジマジと見つめた。

すると、巨大なランプの炎が弱くなったのか、辺りが不意に暗くなってしまう。

それを見た長老は、当たり前のように言う。

「おお、〝日蝕〟じゃ」

「に、にっしょくって……」

「太陽は時々、油が切れて消えてしまう。これを日蝕と言うのじゃ」

「…………」

もはや、コリンは絶句するしかない。

彼はようやく、ハッキリと認識したのだ。

（この人たち……この洞窟の一部だけが、全世界だと思ってるんだ！）

「それはさておき、この世界でお前を知っておる者はおらん」と、長老。すぐそばにいる住民たちも、しきりにうなずく。

「ということは、お前はこの世の者ではない。つまり、あの世からやってきた幽霊ということじゃ」

「そう言われても……」

「幽霊なんぞに、この世をウロウロされては迷惑じゃ。早々に立ち去れ、よいな！」

　長老はコリンに問答無用で言い渡すと、足早にその場を離れていった。最初にコリンを見つけた住民二人も、その後を追う。

　彼らの後ろ姿を見つめながら、コリンは複雑な表情を浮かべた。

「洞窟の外のことを、何も知らない人たちか……かわいそうに」

　どちらにしても、ハッキリと拒絶された以上、いつまでもここに残っているわけにはいかない。仕方なく、彼は再び狭い通路から引き上げることにした。

　再び身体を横にして、通路に滑り込ませようとした、その時。

「あっ！　あのおにいちゃん、世界の果ての割れ目から、外に行こうとしてる！」

「バカ、あれは幽霊だよ。ついさっき、長老さまが追い払おうとしてたじゃないか」

　フィーリアよりもさらに幼そうな子供が二人、離れたところから彼の様子を興味深げに見つめている。ついさっきまで、コリンと長老がもめていたのを、遠巻きに見ていたのだろうか。

「そーなの？　でも、割れ目に入ったら、世界の外に行けるのかなー」

「危ないって。この間も、長老さまからキツく言われたろ？『かみのせつりにそむくことだから、割れ目に入っちゃイカン』って」

「ふーん……ところで、〝かみのせつり〟って、どーいう意味？」

「……知らない」

聞こえてくる子供たちのやりとりに苦笑しながら、コリンは〝世界〟を後にした。

「僕の姿を見て、試しにこの通路を通る子供って、一人くらい出てくるかなー」

そんな子供が、外の世界があることを知ったら、どんな顔をするんだろう――勝手な想像を巡らせて楽しむコリン。

その足が――前触れなく止まった。

重要な疑問が、彼の脳裏をかすめたのだ。

コリンは口に出すことで、改めて自らに問いかける。

「ひょっとして……フィーリアって、ここから来たのか？」

第4章　バザーにて

「……おにいちゃん、ごめんなさい」

宿屋に戻るなり、洞窟《どうくつ》の中の小さな〝世界〟についてコリンが尋ねると、フィーリアから返ってきたのは――悲しそうな謝罪だった。

「私、まだ、何も思い出せない……」

「い、いや、いいんだよ、無理に思い出そうとしなくても。こういうのは、自然に思い出すのが一番なんだから」

フィーリアを慌ててなだめた後、コリンは疲れた顔をして外へ出た。

「あれ？　コリン、どこ行くの？」

「うん、ちょっと気分転換……」

そして、店番のサリアンの怪訝《けげん》そうな視線を受けながら、やや重い足取りで村のはずれ――洞窟のある方角とは逆方向――にある森へ入っていく。

深緑の森を抜けると、コリンの目の前に広い水面が現れた。

村の生活用水を全てまかない、村人の憩いの場としても親しまれている、小さな湖であった。

水面は柔らかい日差しを反射して、キラキラと輝いている。左側を見ると、湖に水を供給している滝が、涼しげな水しぶきと音を上げている。

コリンは湖畔の、青々と茂った芝生へ仰向けに倒れ込むと、大きくため息をつく。

「前途多難だ……心は取り戻してきてるけど、記憶は全然かぁ」

半ば予想通りだったとはいえ、フィーリアの反応はコリンに少なからぬ徒労感をもたらした。

もちろん、感情の回復を見れば、努力が無駄でないことは分かる。しかし、記憶を取り戻さない限り、〝本当の〟フィーリアに戻ったことにはならない――そう考えているコリンにとっては、非常に先の思いやられる状況であった。

「単純にプレゼントするだけじゃ、足りないのかなー？　だとしたら、どうすればいいんだろう……」

そよ風にあたりながら、口に出して呟《つぶや》いてみるコリン。もちろん、その程度のことで名案が浮かぶなら、苦労はしない。

と、その時。

「キャッ！」

背後――というより頭上で、聞き慣れた声での悲鳴が上がった。

「ん？」

コリンは何気なく上体を起こして振り向き――そして一瞬のうちに赤面する。

いつの間にか彼のそばにやってきていたポーニィが、風に吹かれてめくれ上がったスカートを、慌てて両手で押さえていたのだ。

「あっ……！」

思わずコリンが漏らしてしまった声に、ポーニィは彼が下から見上げていることに気付いたようだ。

「……見たでしょ？」

とっさに頬《ほお》をバラ色に染め、彼女はコリンに詰問する。対するコリンは、すっかりうろたえてしまった。

「なっ、何を？」

「私の、スカートの中よ」

「みみみ、見てないよっ」

「本当に？」

「だって、一瞬のことで、よく見えなかったし……」

「それじゃあ、〝一瞬〟見たのね!?」

「言葉のアヤだってば！」

必死になって、否定する。

もちろん、本当に一瞬見えてしまったことなど、口が裂けても言えない。

「そ、それより、急に湖になんか来て、どーしたんだよっ？」

彼が話をそらすと、ポーニィは自分が湖に来た理由を思い出したようだ。

「え？　……ああ、そういえば、そうね。実はね、『常に半分が闇に包まれる世界』とか、そういう異国の話が載ってる冒険書を読んでたら、凄《すご》いことが書いてあったの」

「すごいこと？」

怪訝そうな顔をするコリンの横に腰を下ろしながら、彼女は語った。

「あのね、本の中に〝お城の地下迷宮〟っていうのが出てくるんだけど、それがコリンの冒険してる洞窟にそっくりなのよ！　その地下迷宮は侵入者を防ぐために、絶えず姿を変えるように造られてるんだって」

「へぇ……」

「ひょっとしたら、そっくりどころじゃなくて、ホントにあの洞窟のことかも！　だとしたら、ロマンチックよねえ。きっと、洞窟を抜けたところにお城があったりするんじゃないかな。で、キレイなドレスを着たお姫さまとか、かっこいい王子さまがいるのよ。ね、そう考えたら、何だかワクワクしてこない!?」

「…………」

その熱弁にどう反応すればいいのか、コリンは戸惑った。

（冒険書に載ってるからって……『常に半分が闇に包まれる世界』なんて、うさんくさい話が載ってる本だろ？　どこまで信用できるかなぁ）

ところが、ポーニィの答えは彼を軽く驚かせる。

「意外に信頼できるかもよ？　だって、この冒険書、コリンにもらったモノだもん」

「えっ？　そんなはずが……あっ、ホントだ！」

ポーニィが見せた本は、以前コリンが洞窟で見つけた宝箱から出てきたものだったのだ。

その場で中を確認したら、ページが細かい字でビッシリ埋められていたため、

『さすがにこれは、フィーリアにプレゼントしても読まないだろう』

と判断して、読書の大好きなポーニィにプレゼントしていたのだ。

「コリンったら、自分で見つけて私にくれたモノなのに、全然ピンと来ないのね」

からかい口調のポーニィ。コリンが全く本を読まないことを、彼女はよく知っていた。

「でも、覚えておいても損はないんじゃないかしら。この本は実際に、姿を変える洞窟の中で見つかったわけだし、フィーリアちゃんだって、洞窟の中でヌボリアンのみんなに助けられたんでしょ？　全くの偶然ってコトもないと思うんだけど」

「うーん……」

頭ごなしに否定できない意見に、コリンは一瞬考え込もうとする。

その直前に、彼は気付いた。

「……ここまで僕を追ってきたのは、このためだけ？」

「ちょっとコリン、行き詰まってるみたいだったから」と、ポーニィは笑った。

「私に何ができるってワケじゃないけど、洞窟探検に役立つかもしれないことは、早めに

知ってほしかったし、それに……」

「それに？」

「……この本をもらったお礼って、まだちゃんと言ったことなかったから」

そう言ってはにかむ彼女の表情に、コリンの胸は高鳴った。

「ありがとう、コリン。この本、大切にするからね」

「あ、改まって言われても、どう返していいか分かんないよ」

彼は赤面を見られないよう、軽く顔を伏せる。

その時——村の棟梁《とうりょう》の野太い声が、二人のムードを壊してしまった。

「よーし！　設営の準備はいいいな⁉」

「へーい」

彼の元で働く若者たちの声が、これに続いて森の中から聞こえてくる。

「な、なんだぁ？」

驚いて顔を上げるコリンに、とっさに状況を理解したポーニィが説明する。

「ああ……きっと、バザー会場の準備ね」

「バザー⁉　もう、そんな時期なんだ。忘れてた」

「忘れてても、無理ないよ。最近のコリン、洞窟にこもりっぱなしだもんね」

バザーとは、この村で年に一度行われる、自由市場のことである。

普段の村はとても閑静だが、バザーの時期だけは別であった。国中から様々な行商人や旅芸人が集まって、滅多に手に入らない珍品を売ったり、歌や踊りで人々を楽しませたりするのだ。

だから、バザー期間の前後は、村全体に妙にソワソワとした雰囲気が充満する。子供は行商人が売りに来る珍しいお菓子のことばかり考え、若者はバザーに着ていく服を新調し、酒場のマスターは急増する来客のための仕込みに余念がない。

「会場の準備を始めるってことは、いよいよバザーが近いんだね」

「ということは、私たちの宿屋もいよいよ忙しくなるってこと。しばらくは、こうやって遊んでいられなくなるわ」

コリンの言葉に、ポーニィは肩をすくめて応《こた》えたかと思うと、急に表情を明るくして提案した。

「そうだ！　バザーが始まったら、フィーリアちゃんを連れて出かけてみたら？」

「フィーリアを？　僕が？」

「コリン以外の誰が連れていけるのよ？　私とお姉ちゃんは、バザー中は宿屋にかかりっきりになっちゃうのに」

「そりゃそうだけど……」

「バザーでいろんなモノを見せてあげれば、フィーリアちゃんも何か思い出すかもしれないでしょ？　コリンにとっても、いい気晴らしになるんじゃないかしら」

「うーん、それもそうかなぁ」

ポーニィの言葉は、コリンにはとても説得力のあるものだった。

ただひとつ、引っかかることがある。

（だけどそれって、フィーリアをデートに誘うってことなんじゃないかなぁ……）

常にポーニィやサリアンがそばにいたからか、恋人を作ったことがないコリン。彼にとって〝デート〟という単語は、それなりに重みを伴った言葉であった。

この時点で、コリンはハッキリと気付いてはいない。

異性としての好意を持たない相手に、そんな心配をするはずがないということを――。


やがてバザーが始まると、コリンは洞窟探検を一時的に中断して、フィーリアをバザーに連れていくことにした――というよりは、なし崩し的に連れていくことになった、と表現するべきか。

フィーリアがいきなりコリンの部屋にやってきて、寝ている彼の身体を揺さぶって起こしたのだ。

「おにいちゃん、デートに連れてってくれるって、本当？」

「……どういうことだい？」

急に起こされ、やや寝ぼけ気味だったコリンだが、フィーリアの返答の意味はすぐに理解できた。

「サリアンお姉ちゃんが教えてくれたよ。おにいちゃんが、フィーリアとデートしてくれるって」

（……サリアンめ、また余計なことをフィーリアに吹き込んだな？）

この場にいない義姉に毒づくコリンに、フィーリアは罪のない質問をした。

「ところで、デートって何？」

一瞬言葉に詰まるコリンだが、間違ったことを教えるわけにもいかず、慎重に答えようとする。

「……デートっていうのは、一緒にお出かけすることなんだよ」

「普通のお出かけと違うの？」

「えっと……大好きな人とお出かけするのを、デートっていうんだよ」

「大好きな人？　ホント⁉　わーい、おにいちゃんとデートだー！」

嬉《うれ》しそうにはしゃぐフィーリアを眺めつつ、コリンはこっそりため息をついた。

（うーん……フィーリアはちゃんと理解したのかなぁ。間違ったことは教えてないはずだけど……）

――さっそく二人は、遠方からの宿泊客でにぎわう宿屋を離れ、森のはずれにあるバザー会場へ向かった。

バザー会場には既に村人や、近隣から、あるいは遠方から訪れた観光客、商人たちでごった返していた。露店には珍しい工芸品や衣料が所狭しと並べられ、屋台からは嗅《か》いだことのない、それでいて美味しそうな匂《にお》いが風に乗ってただよってくる。

「すごい数の人だね、おにいちゃん」

人の波に圧倒された様子で、フィーリアが呟く。彼女はヌボリアンに保護されて以来、これほどたくさんの人を一度に見たことがなかったのだ。

「怖くはないかい？」

「フィーリア、おにいちゃんと一緒だから、怖くない！」

「そ、そうか……」

照れながら応えるコリンの手を取って、彼女は出し抜けに屋台を指差して声を上げる。

「わあ……おにいちゃん、あのおダンゴおいしそうだね！」

「じゃあ、食べてみようか？」

「ウン！」

コリンは屋台のダンゴ――香草のようなものが練りこまれていた――を買い、フィーリアに手渡す。さっそくそれを口に運んだフィーリアは、途端に笑顔で叫んだ。

「……おいしい！」

「うん、しょっぱくて、イケるな」

二人は、ダンゴを頬張って美味を堪能した。だが、食べ終わるやいなや、フィーリアは視界に入った露店を指差す。

「おにいちゃん！　あのオモチャ、なに⁉」

「え？　……僕も見たことないなあ。何だろう」

――このような調子で、二人は様々な露店を覗《のぞ》いては異国の特産物に目を見張り、屋台に足を運んでは珍味に舌鼓を打ち、サーカス小屋に入ってはサーカス団員の妙技に歓声を上げた。

フィーリアは疲れたそぶりをまるで見せず、好奇心のおもむくままに、様々な店や出し物を見て回る。その様子に、コリンはフッと苦笑を漏らすのだった。

（一目見ただけなら、フィーリアも普通の女の子と全然変わらないんだけどなぁ……）

「おにいちゃん、次はここに入ろうよ！」

「ちょ、ちょっとちょっと！　そんなに手を引っ張らなくてもいいって！」

彼はフィーリアに手を引かれるままに、次なるテントの中へ入る。

すかさず、テントの主とおぼしき男が声をかけてくる。

「やあ、いらっしゃい」

「あ、ども……ん？」

あいさつを返すコリンの表情が、微妙に変化した。

彼とフィーリアが今まで回ってきた店と、雰囲気がどことなく違っていたのだ。

「ここ……店ですか？」

思わず、失礼な質問をしてしまうコリン。しかし、テントの主は気にするでもなく、

「まあ一応、店と言えなくもないね」

と、のんびりした笑みを浮かべた。

「ここはオイラが世界を歩き回って手に入れた、珍しい物を展示しているギャラリーさ。普通の人にはガラクタにしか見えない物ばかりだけど……まあ、道楽みたいなモンさ」

確かに、テントの中を飾るのは、縁の欠けた茶碗や、ひびの入った大きなツボ、不気味な模様入りの壊れたテーブルなど、およそ何の役にも立ちそうにない代物ばかりだった。

しかもそれらには、信じられないほど高額の値札ばかりがつけられている。とても、本気で売ろうとしているようには見えない。

「なるほど、こりゃ道楽だな……あれ？」

あきれながらテントの中を見回していたコリンの視線が、ある一点で止まる。そこには、あまりにも珍妙な2体の置物があった。

左側の置物は、亀と象が交互に積み重なり、一番上に平らな円盤が乗っている。

「何だ、これ？」

「見当がつかないかい？」

男は、にこやかに言った。コリンが不思議そうに置物を見ているのが、よほど嬉しいらしい。

「それは、昔の人が想像した、〝イーディン〟の形の模型なんだよ」

「イーディンって……世界のコトじゃないか！　じゃあ、これは世界の模型ってこと⁉」

言われてみれば、円盤には水色と土色で複雑な図形が描かれている。これが、〝世界地図〟ということらしい。

「昔の人って、面白いことを考えるよね」

説明を続けることで、彼はコリンの問いに答えた。

「昔は、世界《イーディン》の大地が平らな円盤の形をしてると思われてたのさ。で、その円盤を象が背中で支えて、その象を亀が甲羅で支えて、その亀を他の象が支えて、その象を他の亀が支えて……そうやって、象と亀が下に向かって無限に続くんだって」

「だ、だけどそれじゃあ、一番下はどうなってるのさ？」

コリンが質問すると、男は大きくうなずく。

「そう！　昔の人の中には、君と同じことを思った人がいた。そんな人たちが、別の説を唱え始めたんだよ。右に置いてある模型を見てごらん」

言われるがままに、コリンはもう一方の模型を見てみる。話の流れから考えて、それが別種の世界《イーディン》の模型であることは、彼にも容易に想像がついた。

ただ、その形はあまりにも異なっていた。

「ま……丸いぞ？」

なんとそれは、球形をしていたのだ。すぐ横の模型と同じく、水色と土色で彩色されたそれは、台座から突き出ている軸に通され、手で回せるようになっていた。

「驚くだろ？　これも、世界《イーディン》の模型なんだよ」と、男はさらに説明する。

「これを作った人の考えでは、大地はこんな風に丸い形で、空中に浮かんでいるってコトらしいんだ。人間は、この球の表面に住んでいるんだって……変な話だよね。球体になんか住んでたら、下に落っこちちゃうってのに」

「そりゃ……そうだろね」

コリンはうなずいた。そもそも、まともな思考能力を持つ者が、自分たちが〝球形の世界〟などという突拍子もない所に住んでいるなどと考えるはずがないのだ。

だが、先人の想像力には、逆に感心させられる。

「それにしても、面白いことを考えるヒトがいるもんだね、フィーリア……あれ？」

素直な感嘆をフィーリアに伝えようとして――コリンはようやく気付いた。

ずっと彼の横にいたはずのフィーリアが、いつの間にか少し離れ、わざわざしゃがみこ

んで、別の品物をジッと見つめていたのだ。

「面白いモノでもあったかい？」

見てみると、彼女の視線の先にあったのは、変な形のブリキ人形であった。頭と両手両足はあるものの、やたらと角ばっていて、人間を模したものとは考えづらい。

手を近付けてみると、何故か温かい。人形自体が、熱を発しているようだ。

「…………」

フィーリアは、人形を凝視したまま何も言わない。その様子に、コリンは胸騒ぎを覚える。

「これに、見覚えがあるの？」

尋ねてみると、フィーリアは何故か切なげな表情で呟いた。

「どうしてかな？　何だか、懐かしいの……」

「えっ？　これに見覚えがあるの？」

「分からないけど……ごめんなさい、思い出せないの……」

それでも、記憶の奥底に何か、引っかかるものがあるのだろう。

彼女はしばらくの間、人形を見つめ続けた――。

第5章　初めてのバー

カタカタカタカタカタカタッ！

下の階に続く階段の手前で、ガイコツがけたたましい音を鳴り響かせながら、コリンに襲いかかってきた。

「おっと、〝スケルトン〟か。だったら、楽勝だな」

コリンは、さっき宝箱から手に入れたばかりの長剣――刃渡りはヌボリアンにもらった剣の倍以上だった――を抜き、余裕を持って構える。

だが、その余裕は瞬時に消し飛んだ。

スケルトンがいきなり、弓矢を放ってきたのだ。出し抜けに飛んできた矢を、コリンは鋼鉄製の盾で慌てて受ける。

「うわっ！　弓矢を撃ってくるタイプのスケルトンがいるなんて話、聞いてないよ！」

彼は大急ぎですぐそばの曲がり角の陰に身を隠し、革袋の中から〝切り札〟を取り出した。

それは、真珠のような乳白色をした水晶球。数ある〝オーブ〟の中で最も威力のある、〝ホーリー・オーブ〟であった。

コリンは、彼を追ってスケルトンが角を曲がってくるのを待って、ホーリー・オーブを宙に放り投げる。

すると、オーブは空中で乾いた音を立てて弾け、中から強烈な光が解き放たれた。

光はかなり広い範囲を照らし出し、闇を徹底的に浄化する。

そして、スケルトンのような不死《アンデッド》のモンスターにとって、〝浄化の光〟こそが最大の弱点であった。

シュゴーッ――――！

再び弓を構えようとしていたスケルトンは、水が沸騰するような音を残して、煙のように消滅した。

「ふぅ……ビックリしたぁ」

他にモンスターがいないことを確認して、コリンは大きくため息をつきながら、再び階段へ向かった。

――洞窟《どうくつ》探検を通じて、彼は明らかにたくましくなっていた。重装備に身を固め、危なげなくモンスターを撃退する姿は、初めて洞窟に入った頃とは別人のようである。

「でも、探検してる僕の姿って、誰も見たことないんだよなー」

決して威張りたいワケではないが――正直、そのことが少し寂しいコリンであった。

村に戻ってきたコリンは、意外な光景を目にする。

「アレ？　サリアンだ……」

村の入口でただひとり、サリアンがたたずんでいたのだ。彼女はコリンの姿を認めると、大きく手を振ってきた。

「……あっ、お帰り！」

「どーしたんだい、そんな所で？」

「うん、ちょっと考え事を……ね」

彼女の様子に、コリンは戸惑いを覚える。

(何だろう？　微妙に、いつもと違うなぁ)

その戸惑いを表すより先に、サリアンがいきなり言い出した。

「ところでコリン、アタシとデートしない？」

「……デ、デート⁉　いきなりどーしたんだよ、サリアン！」

「大げさねえ。単に、一緒に飲みに行かないかって意味じゃない」

「飲みにって……まさか、お酒を？」

予想もしなかった誘いに、コリンは目を丸くした。彼の反応に、サリアンが渋面を作る。

「当ったり前じゃない！　それとも湖に行って、お水でも飲もうっての？」

「だって、サリアンが僕を飲みに誘うなんて、今までなかったことじゃないか」

「そりゃ、アンタが子供だったから」

「こ、子供って……！」

コリンはあっさり決めつけられて、途方に暮れた表情を見せる。

するとサリアンは、妙に大人びた笑みを浮かべた。今まで見たことのなかった種類の笑顔に、コリンは一瞬ドキリとする。

「だけど、もうアンタもほとんど一人前なんだから、お酒くらい飲めなくちゃね」

「えっ？　ウ、ウン……」

「じゃあ、決まりね」

――こうしてコリンは、サリアンに半ば引きずられるようにして、宿屋のすぐそばで営業しているバーにやって来た。

バザーが終わって間もないからか、店内に客の姿はなかった。それでも常連のサリアンは、いつもそうしているように、カウンターへ声をかける。

「マスター、席空いてるー？」

「やあサリアン、見ての通りさ……おや、コリンも一緒じゃないか」

グラスを磨いていたマスターは、常連の隣にいる珍客に軽く目を見張った。

「やっと、酒を飲める年頃になったか。それとも、サリアンに無理矢理引っ張ってこられたかな？」

「いや、まあ、その……ハハハ」

アッサリ言い当てられ、コリンとしては笑ってごまかすしかない。

「何にしても、初めてのお客さんは歓迎するよ。今回は、コリンの分は俺からのおごりだ」

「えーっ、アタシの分はタダにしてくれないのー？」

「サリアンの飲み代をタダにしたら、店中の酒を飲まれてしまうよ」

マスターは苦笑しながら、カウンターに座る二人の前にグラスを置いた。そして、サリアンには強い蒸留酒を、コリンには甘い果実酒を注ぐ。

「それじゃあ、コリンのお酒初体験を祝して、カンパーイ！」

「か、乾杯」

すっかりサリアンのペースに乗せられ、ほとんど反射的に乾杯を唱和するコリン。果実酒を軽く口に含んだ途端、慣れないアルコール臭に目を白黒させる。

「ングッ……ま、まずくはないけど、何だか妙な味だな」

「アハハ、立派立派。初めてでそーいう言葉を返せるんだったら、すぐにお酒の美味しさが分かるようになるよ」

楽しそうに言うと、サリアンはいかにも美味しそうに、自分のグラスをあおった。

「マスター、おかわり」

「相変わらず、ペースが速いな。はい」

「ありがと」

（……こんなに飲むから、たまに酔っぱらって宿屋に帰ってくるのか）

２杯目のグラスを手にする彼女の姿にあきれながら、コリンは再度グラスに口をつける。

アルコール独特の風味の中から、果実の甘酸っぱさがほのかに感じられた。

「慣れれば美味しいんだろうけど、どーにも飲み下しにくいなぁ」

彼は顔をしかめながら、それでも少しずつグラスを傾けた。

ふと、その横顔に視線を感じる。

振り向くと、サリアンがグラスを片手に、コリンをジッと見つめていたのだ。

「ど、どうしたの？」

「ん？　ちょっとね……アンタとこんな風にお酒を飲むなんて、なんか信じられないなあって思って」

戸惑うコリンに、彼女は軽く微笑《ほほえ》んでみせた。

「それにしても、アンタも洞窟探検に行くようになってから、ずいぶんたくましくなったよね」

「何だよ急に？」

「別に。思ったことを言っただけよ。ただ、やっぱり洞窟に行くように勧めて、正解だったなぁって」

「……アレって、宝石とかアクセサリーが欲しくて、僕をけしかけたんじゃないの⁉」

洞窟探検のきっかけを思い出し、コリンは驚きと不満を隠そうともせずに叫んだ。その反応にサリアンは、

「人聞きが悪いわねー」

と、いかにも心外そうな表情を浮かべる。

「アレは単なるきっかけよ。アタシはアンタに、たくましい男になってほしかっただけ」

「ホントにぃ〜？」

「何よ、その疑わしそうな目は？」

「だって……」

さらに何か言おうとしたコリンの舌が、突然ピタリと止まった。

サリアンの瞳に、今まで見たことのない大人の色気を感じたのだ。

「でも、ちょっとの間に見違えちゃった。コリンも〝男の子〟から、ちゃんとした〝男〟になったのね」

「えっ？」

見る間に赤面するコリン。もちろん、酔いのせいだけではない。

「いつの間にか胸板も厚くなったし、腕や顔の生傷も男の勲章みたいなモンだし……見惚《みほ》

れちゃうわ」

「い、いや、その……何て言ったらいいのか……」

「フフ……無理に何か言おうとしなくても、いいんじゃない？　それとも……アタシを口説くつもりかな？」

ほんのり頬《ほお》を上気させながら、サリアンは際どい台詞を口にする。恋愛経験がないコリンの胸は、どんどん鼓動を速めていく。

「や、やだなあ。そんなに僕をからかわないでよ」

「照れちゃって、もう。アンタってカワイイわね」

サリアンは、コリンの顔を両手でそっと挟んだ。手の平の温もりが、コリンをさらに赤面させる。

「ちょっ、ちょっとサリアン！」

意図を察したコリンは、たまらず声を上げた。しかし、サリアンは構わず、彼に顔を寄せてきた。

「オトナの時間に、野暮《やぼ》なことを言うものじゃないわよ……」

その時。

「よーし、着いたぞ！　さっそくお前に、酒の味を教えてやる！」

「勘弁してください、親方！　オレ、酒なんて飲めないッスよ！」

「大丈夫だって！　誰にでも、初めての時ってのはあるんだ」

村の棟梁《とうりょう》と弟子の青年が、大きな声でしゃべりながらバーにやってきた。

テーブル席に着いた棟梁は、サリアンとコリンの姿を見ると、さらに大声で話しかけてくる。

「ありゃ、サリアン！　あんたもコリンに酒の味を覚えさせようってか！　でも、コリンに酒は、まだ早すぎやしねえか⁉」

「……ちぇっ、ウルサイのが来ちゃった。もうちょっと、コリンをからかって遊びたかったのに」

残念そうに呟《つぶや》いて、サリアンはコリンの顔から手を離した。

コリンはなおも顔を赤らめたまま、彼女に抗議する。

「な……何だよソレ！　じゃあ、今のは冗談だったの⁉」

「ウン、ほとんど冗談だよ」

シレッと答えるサリアン。悪びれた様子は、まるでない。

(ほとんどって……全くの冗談でもないってゆーのか⁉　それはそれで、どーゆうコトだよ⁉)

年上のサリアンにすっかり翻弄《ほんろう》され、世にも情けない表情を浮かべるコリンであった。

しかし、その表情が次の瞬間、一気に引き締まる。

「仕方ない、本題に入るか……フィーリアのことなんだけど」

「……フィーリアのこと？」

「アンタが、あのコを連れてきてから、もう大分経つよね」

サリアンは2杯目の蒸留酒を飲み干すと、微笑みを浮かべて語り始めた。

ただ、目は笑っていない。

「あれ以来、アンタがフィーリアの感情と記憶を戻そうと、アンタなりに一生懸命やってることは、アタシも知ってる。ただささ……気になることがあるんだ」

「気になることって？」

「アンタひょっとして、今のままが一番イイなんて思ってない？」

「…………！」

鋭い問いかけに、コリンは息を呑《の》む。

洞窟を探検し、宝物を持って帰ってきて、フィーリアに喜んでもらう——いつの間にか成立していた生活サイクルの中で、彼は確かにそれなりの充実感を抱いていた。

フィーリアを元に戻すための手段に過ぎない洞窟探検が、いつしか目的に変わってしまっている——サリアンの指摘したことをすぐに察したのは、コリン自身の中にも、無意識の後ろめたさがあったからか。

「確かに、まるで感情の無かった最初の頃に比べたら、フィーリアもずいぶんイキイキしてきたと思うよ」

サリアンは努めて穏やかな声で、コリンに話しかける。

「それに、アンタが今のままでいいと思うのも分かる。カワイイ女の子が一途に慕ってくれてるんだから……だけど、ハッキリ言って今のままじゃ、あのコはただのお人形さんだよ？」

彼女の言葉に、コリンは反応を返さない。いや、返すべき台詞を見つけられないのだ。

「人の考えや感情なんて、奇麗事だけじゃすまないでしょ。だけど、今のフィーリアは、言うこともやることも全部、奇麗事ばっかりのような気がするの。このままじゃ、あのコが元に戻ったなんて、とても言えないいんじゃない？」

「………………」

ただ無言で、自らの持つグラスを見つめるコリン。

彼の頭に浮かんでいたのは、終了間際のバザーでの出来事だった。


『わあ、ブタさんだー！』

バザーの終わりが近付き、かなり閑散としてきた会場の片隅で、その時フィーリアは嬉《うれ》しそうな声を上げた。

見ると、会場の隅に作られた柵《さく》の中で、子豚が数匹ウロウロしている。

『おにいちゃん、あそこに行ってイイ？』

『あ、ああ、いいよ』

『うわーい！』

フィーリアは大喜びで柵を越え、膝《ひざ》の上で抱いたり頭をなでたりと、心ゆくまで子豚たちとたわむれた。

『子豚ちゃん、カワイイ～ッ』

『あまり、乱暴しちゃダメだよ』

その姿を、コリンは苦笑いしながら眺めていた。

すると、柵の中に建てられたテントから、太った中年の男が出てきた。

『おや、君たちはお客さんかい？』

『お客さんって……やっぱりココ、何かのお店なんですか？』

『ここがどこかも知らずに、やって来たのかい？　ほら、見ての通り、料理屋だよ』

男はあきれながら、自らの腰につけたエプロンを指差す。この料理屋のコックだったようだ。

『ところで、何か食べていくかい？　今ちょうど、団体のお客さん用のごちそうを作ってるんだけど、二人分ほど余りそうなんだ。安くしとくけど、どうだい？』

『本当ですか？　ぜひ、お願いします！』

ちょうど空腹だったコリンは、料理屋の主人の誘いに乗ることにした。

『じゃあ、中に入っとくれ！』

『はい。フィーリア、ここでゴハン食べようか』

『……ウン！　フィーリアも、お腹すいたぁ』

コリンはフィーリアを連れて、香ばしい匂《にお》いがただようテントの中に入ろうとした。

ところが、入口の所で、フィーリアの足がいきなり止まる。

『どうしたんだい？』

コリンが不思議そうに尋ねると、彼女はすっかり顔を青くして呟いた。

『さ、さっきの子豚ちゃんの、お母……さん？』

その視線の先では——大きな豚が、かまどで丸焼きにされていた。あめ色に焼き上がった皮から、脂が炎にしたたり落ちている。

『ウマそうな焼き色だろ。せっかくだから、一番ウマいところを君たちに……ん？　どうした、お嬢ちゃん？』

かまどから豚を下ろそうとした主人も、フィーリアの様子に気付いて声をかける。

彼に向かって、フィーリアは悲しそうに叫んだ。

『……ひどい！　こんなの、ひどすぎる！』

そして、コリンを置いて、テントを飛び出してしまった。

『お、おい、フィーリア！』

追うのも忘れて後ろ姿を見送るコリン。

『やれやれ……たまにいるんだよね、ああいうお客さんが』

背後から、主人のため息が聞こえてきた。

『人間は、毎日何かを食べなくっちゃ生きていけないのに……キッチリ解体された肉ならよくって、豚の姿のままだったらダメってのは、しょせん自分の手を汚さない人の奇麗事なんじゃないかねえ』

コリンは、何も言い返すことができなかった——。


(確かに、今のままじゃダメなんだ)

グラスから視線をはずしたコリンは、バザーでの記憶を振り払うように頭を振った。

(今の、奇麗事ばかりのフィーリアのままじゃ、人間がもともと持ってる罪深さが分からない。それを知ってて初めて分かる、他人の心の痛みが理解できない……！)

「やっぱり……まだまだ頑張らないと」

我知らず、彼は口に出して呟く。

それを聞いて、サリアンは優しい笑みを浮かべた。

「……アンタがたくましくなったのは、身体つきだけじゃないみたいね」

「そうかなあ」

「うん。アタシがお節介を焼かなくても、アンタはフィーリアのことをよく分かってるみたいだしね」

「そ、そんなコト……」

コリンは慌てて応《こた》えようとして、不意に気付く。

「……ひょっとしてサリアン、フィーリアのことを教えてくれるためだけに、村の入口でずっと僕を待ってたの？」

「えっ？」

突然の言葉に意表をつかれたのか、思わず背筋をピンと伸ばして声を上げるサリアン。

その妙な動きに吹き出しながら、コリンは続けた。

「いや、もしそうだったら、ちょっと嬉しいかなーって思って」

「ヤ……ヤァねえ、買いかぶりすぎよぉ！　バザーも終わったんだし、アタシだって宿屋の仕事を休憩して、ボーッとしててもいいじゃない！」

あからさまなサリアンの照れ隠しが、何とも可笑《おか》しい。

「ありがとう、サリアン」

自然と、感謝の気持ちが口に出るコリン。

その口に――突然、蒸留酒の入ったグラスが、強引にあてがわれる。

「真顔でそんなコト言ってるようじゃ、飲みが足りないのよ！」

サリアンが、自らのグラスを押しつけてきたのだ。

「ちょっ、ちょっと、そんなに飲めな……」

「いーから、飲む！」

そして問答無用で、蒸留酒をコリンの口に流し込んだ。

「んっ、んーっ!!」

口の中に広がる灼熱感《しゃくねつかん》が、ノドを通って、全身に広がる――。


気がつけば、コリンは自室のベッドの上に、ひっくり返っていた。

「……い、いつの間に帰ってきたんだ……イテテ」

頭に鈍痛が走る。初めて経験する二日酔いだった。

どうにか身体を起こして部屋の外に出ると、洗濯済みのベッドシーツを何枚も抱えたポーニィが、廊下を往来していた。

「あら、おはようコリン。バーでは大変だったみたいね」

「……サリアンに聞いたの？」

「ううん、棟梁さんに」

彼女の話では、コリンはサリアンに散々飲まされて泥酔してしまい、棟梁に宿まで運ばれたということらしい。

「で、サリアンは？」

「自分の部屋で、気持ちよさそうに寝てるわ」

「………」

どことなく、理不尽なものを感じてしまうコリンであった。

その時、彼とポーニィのもとに、フィーリアがやってくる。

「おにいちゃん、おはよう！」

「お、おはよう……できれば、あんまり大きな声は……」

痛そうにこめかみを押さえつつあいさつを返すコリンに、彼女は顔を覗《のぞ》き込むようにして尋ねた。

「おにいちゃん、これから洞窟に行くの？」

「うん、頭が痛いのが治ったらね」

「じゃあ、その時に、コレ着けてって！」

フィーリアはそう言って、手に持っていたものを差し出す。それは、白金で造られたアクセサリーだった。

ていねいに刻まれた飾り文字を見て、ポーニィが目を丸くする。

「これって、フィーリアちゃんがここに来た時からずっと持ってた、お守り《アミュレット》じゃないの！」

「ウン。今のフィーリアが持ってても、しようがないと思って」

少し気恥ずかしげなフィーリア。しかし、コリンに差し出した手は、引っ込めようとしない。

「だって、洞窟って怖い場所なんでしょ？」

「まあ、危ない場所だってことは確かだけど」

「おにいちゃんがフィーリアのために、そんな怖い場所に行ってるんだったら……これ、おにいちゃんに持っててもらった方がいい」

「だけど……いいのかい？」

「フィーリアも、おにいちゃんのために何かしたいの」

彼女は顔を赤らめながら、それでもハッキリと伝える。

コリンに、その好意を拒む術《すべ》も、無駄にする意思もない。お守り《アミュレット》を受け取りながら、彼は心を込めて言葉を返した。

「……ありがとう。フィーリアに守ってもらえるなら、安心だね」

――このお守り《アミュレット》が、作用したのだろうか。事態はコリンの予想を超える、急激な展開を見せる。

それは、彼が二日酔いから醒《さ》め、さっそく洞窟へ潜った時のことだった。

第6章　フィーリアのカケラたち

「あれ？　ここは……今までと少し違うな」

階段を降りきった途端に、コリンはいぶかしげに呟《つぶや》いた。

壁面が、上の階とは明らかに違っていたのだ。

「岩肌っていうよりは、ちゃんとした石のブロックを積み上げた感じがする……これは、気を引き締めてかかった方がいいな」

彼の予測は、正解だった。

この階のモンスターは、今までよりさらに強く、獰猛《どうもう》なものばかりだったのだ。

一体ずつ、確実に退治していくコリン。しかし、その苦労はこれまでの比ではなかった。

――やがてコリンは、鉄の扉を発見した。

慎重に開けると、その向こうには長い通路が続き、その先にはもうひとつ鉄の扉がある。

「ヌボリアンの宮殿みたいなのがあるのかな。それとも……」

呟きかけて、コリンは口を閉ざす。縁起の悪いことを、わざわざ言葉に表す必要はなかったからだ。

彼は代わりに長剣を構え直して、通路を横切り、二つ目の扉を注意深く押し開けた。

そこは、何も置かれていない広間だった。右手奥に、さらなる扉がある。

「どういうことだ？　そのまま、奥に行っちゃっていいのかなぁ……」

怪訝《けげん》そうに広間を見渡した、その時。

「はじめまして。あなたのことを、お待ちしておりました」

「うわっ⁉」

突然の声に、コリンは思わず声を上げる。

一瞬前まで誰もいなかった広間の中央に、いつの間にか少女が立っていたのだ。

しかも——フィーリアにそっくりで、にもかかわらず表情がまるで違っていた。清らかで穏やかな表情は、コリンの知っているフィーリアが決して見せないものだった。

少女は言った。

「まず、先にお礼を言わせてください。あなたは、〝わたくし〟の人間らしさを取り戻すため、命がけで闘ってくれましたね。本当にありがとうございました」

意味不明の言葉に戸惑うコリン。

「君は誰だい？　僕は、君に礼を言われるようなことをした覚えはないけど……」

返ってきた答えは、コリンの直感の正しさを証明し、さらなる驚きを彼に与えた。

「わたくしは、フィーリアです」

「どうして？　僕の知ってるフィーリアは、洞窟《どうくつ》の外だよ？」

「それは……わたくしがフィーリアの一部だからです」

「フィーリアの一部⁉」

「正確には、フィーリアの魂……フィーリアを構成している人格の一部なのです」

コリンは、言葉を失った。あまりにも唐突な告白の内容が、彼の理解能力を一時的に超えてしまったのだ。

〝フィーリア〟は、構わず続ける。

「あなたがご存じのフィーリアも、かつては普通の女の子でした。しかし彼女は、ある種の呪いを受け、魂を抜き取られてしまったのです」

「………………」

「幸いなことに、完全に抜き取られることは免れることができましたが、抜き取られた魂はいくつもの人格として、バラバラにされてしまったのです」

「じゃ、じゃあ、僕の知ってるフィーリアには……」

「はい。あなたが洞窟で見つけて保護していただいたのは、魂を抜き取られてしまった、身体だけのフィーリアなのです」

うなずく彼女の顔を見て、コリンは息を飲む。

「バラバラになった人格は実体化し、恐らくこの洞窟の、さらに下層にいることでしょう。そして、わたくしは慈しみや思いやり、そして愛情といった要素をつかさどる、いわばフィーリアの〝聖女〟としての人格なのです」

——途方もない話ではあった。

しかし、彼女の言葉が正しいと仮定すれば、全てつじつまが合う。

いつまで経ってもフィーリアの感情に何かが欠落していたのは、元に戻らなかったから
というよりは、始めから感情の要素の大半が失われていたのだ。

「あなたたちが手を尽くしてくださったおかげで、ほんのわずかにしか残されていなかった魂は大きく成長しました。しかし、フィーリアが本来の自分に戻るには、わたくしを始めとする彼女の本来の魂が、もう一度身体に戻らなくてはならないのです」

「戻るって……どうやって？」

「わたくしたちは、自分を結晶化できます。その結晶をフィーリアの身体に手渡してもらえればいいのです」

「ということは、君のようなフィーリアの魂を全員捜し出せば、フィーリアを元通りに戻すことができるんだね」

コリンの表情に、希望の色がほの見える。長かった洞窟探検に、ようやくゴールが見えたのだから、当然と言えた。

ただ、話はそれほど簡単でもないようだ。

「ですが、わたくしたちはあなたに従わないかぎり、自ら結晶へ姿を変えようとしないでしょう」

「つまり、説得の必要があるのか。魂たちに信頼されなきゃいけないワケだ……ううむ」

それは、単に闘いに勝つことより、かえって難しいことである。我知らず、彼は小さく

うなった。

「これから先、あなたはいろいろな姿のフィーリアを見ることになるでしょう。その姿は、あなたが望むようなものばかりではありません。顔を背けたくなるくらい、嫌な姿もあるはずです。人間には、暗い部分や悪の部分が必ずあるのですから」

「………………」

正しいが賛成しづらい〝フィーリア〟の言葉を、コリンは渋面を作って聞き入る。

ふと、〝フィーリア〟が尋ねた。

「ひとつだけ、聞かせてください。どんなに嫌な姿のフィーリアであっても、どんなに憎みたくなるような存在のフィーリアであっても……あなたは愛し続けることができますか？」

「あ、愛し続ける？　いや、僕たちはまだ、そこまで……」

ごまかしかけて、コリンは気付く。彼に尋ねたのはまぎれもなく、フィーリアの人格の一部なのだ。

彼女に対して──そして自らの本心に対して、ウソをつくことはできない。コリンは意を決して〝フィーリア〟に、そして自分自身に、力強くうなずく。

彼の目にはその瞬間、〝フィーリア〟が安堵《あんど》の表情を浮かべたようにも見えた。

「……あなたを信じましょう。あなたの真心や思いやりを、優しさや厳しさに変えて、どうか、全ての人格を受け止めてあげてください」

「分かった。約束するよ」

再び、コリンは首を縦に振る。

すると不意に、〃フィーリア〃の姿が透明度を増した。

「ど、どうしたんだ、急に？」

「もう、わたくしがあなたの前に姿をみせることはないでしょう」

消えゆく〃フィーリア〃は、コリンに微笑《ほほえ》みかける。

「でも忘れないでください。わたくしは消えてしまうのではありません。あなたのそばに、ひとりの女の子として一緒にいるのですから……」

そしてほどなく、完全に姿を消した。

彼女の立っていたところには、緑色に輝く結晶が転がっていた。

「これが、聖女の〃フィーリア〃の結晶か……」

コリンは、拾い上げた結晶に向かって呟いた。

「残りの魂も、みんな捜してフィーリアの身体に戻してあげるからね」


しかし、コリンはその後、大変な苦労を強いられることになった。

フィーリアの魂を捜すことにではない。

魂たちを説得することが、一苦労だったのだ。

まず彼が見つけたのは、ずいぶん汚い格好で、髪もボサボサの〝フィーリア〟。

「や、やあ、フィーリア」

「……なんだ、テメエ？　軟弱坊やが、気安く俺の名前を呼ぶんじゃねぇよ」

いかにも物騒な眼光に、コリンは思わず及び腰になる。

（か、彼女はフィーリアの、野蛮な人格ってことになるのか？）

それでも果敢に事情を説明し、ぜひ結晶化してくれるように頼み込む。

すると、野蛮な〝フィーリア〟の顔に、嘲笑《ちょうしょう》が浮かんだ。

「はっ！　冗談は顔だけにしときな。俺に命令なんざ、百年早いぜ！」

「い、いや、これは命令じゃなくて、お願いなんだけど……」

「どうしてもって言うんなら、連れてってもらおうじゃねえか」

「ホ、ホントかい？」

「ただし……俺に勝つことができたらな！」

彼女は叫ぶなり、コリンに飛びかかってきた。

「うおっと！」

いきなり組みつかれ、その場で横転するコリン。

応戦しようと、とっさに長剣を振りかざそうとするが、途中で慌てて手を離す。

(危ない危ない！　いくら魂でも、さすがにフィーリアを剣で斬《き》りつけちゃマズイだろ！)

となると、彼は素手での闘いを余儀なくされる。

「しょうがない！　いくぞ、フィーリ……ブッ！」

宣言しようとするコリンの左頬《ひだりほお》に、彼にまたがる〝フィーリア〟の右拳《みぎこぶし》が叩《たた》き込まれた。

「ほら、ガードが甘いぜ！」

高笑いを聞きながら、コリンは全身に力を込め、〝フィーリア〟の身体を突き飛ばす。

「おっと！　……テメエ、やりやがったな！」

突き飛ばされた野蛮な〝フィーリア〟は、怒りの形相もあらわに吼《ほ》える。

コリンは殴られた頬をさすった後、本格的に応戦を始めた。

「イテテ……あ、改めて、いくぞフィーリア！」


次いで、コリンが見つけた〝フィーリア〟は――なぜか、あどけない幼女だった。

「ねえ、おじちゃん。こんなところで、何してるの？」

「お、おじちゃん？」

コリンは生まれて初めて〝おじちゃん〟呼ばわりされ、目に見えて戸惑った。

(やっとお酒を飲める歳になったばかりで、おじちゃん呼ばわりされるか……)

それでも気を取り直し、彼は幼い〝フィーリア〟に尋ねた。

「君はフィーリアちゃん、だよね？」

「ウン。わたし、フィーリア……おじちゃん、どうしてフィーリアのこと、知ってるの？」

(ホ、ホントはおにいちゃんって呼んでほしいんだけど……)

コリンはそう言いたい気持ちをこらえ、できるだけ優しい声を作って答える。

「おにいちゃんはね、洞窟のあちこちを回って、いろんなフィーリアちゃんを捜しているんだよ」

「ふーん、そうなんだ」

一応うなずいたものの、〝フィーリア〟はあまり興味をかきたてられなかったらしい。

そんな彼女が、急に声のトーンを上げた。彼女にとっての〝名案〟が浮かんだのだ。

「……そうだ！　おじちゃん、フィーリアと遊んで！」

「フィーリアちゃんと？」

「ウン。フィーリア、ひとりぼっちでさびしかったの」

(これなら、一緒に遊んであげたら、すんなり従ってくれそうだな)

「もちろんさ！　おにいちゃんが遊んであげるよ」

ホッとした表情を浮かべながら、コリンは安請け合いをする。

彼の言葉に〝フィーリア〟は、跳び上がって喜んだ。

「おじちゃん、ホント？　うれしいっ！」

「それじゃあ、何して遊ぼうか？」

「じゃあね、じゃあね……〝けっとうごっこ〟！」

「……え？」

耳慣れない言葉に、虚を突かれた顔をするコリン。

(ひょっとして、〝決闘ゴッコ〟って言ったのか……？)

その直後、彼は安請け合いしたことを後悔することになる。

「このワニくんとカバさんと、〝けっとうごっこ〟してっ！」

〝フィーリア〟が叫んだ途端、空中にいきなり、ワニとクマのぬいぐるみが出現したのだ。

しかも、巨大である。どちらも、明らかにコリンより大きい。

「な、何だコリャ……どわぁっ！」

よける間もなく、ぬいぐるみはコリンの上に落ちてきた。

そして、彼の身体からどこうとせず、四肢や長い尾をジタバタと動かし出す。

「お、重いっ！　グエェ……」

「キャハハハ！　おもしろーい」

苦しそうな彼の姿に、〝フィーリア〟は大喜びである。

そのうち、ぬいぐるみはコリンの頭をポカポカと叩き始めた。単純な攻撃だが、コレが結構痛い。

「イテッ！　や、やめろ、お前ら……アダダダッ」

「わーい、ワニくんもカバさんも、おじちゃんもガンバレー」

「簡単に言うな……ムギュ！　ツ、ツブされる〜っ！」

〝フィーリア〟の無邪気（？）な声援を受けながら、コリンは〝決闘ゴッコ〟をするよりもまず、ぬいぐるみたちの重さから逃れるために四苦八苦するのだった。


――悪戦苦闘の末、コリンはどうにか、二人の〝フィーリア〟の説得に成功した。

さらに下の階を目指す彼の革袋には、新たに2個の結晶が入れられていた。真紅のものが野蛮な〝フィーリア〟の、黄色のものが幼い〝フィーリア〟の結晶である。

「3色あるってことは、もう1色か2色ありそうだな」

コリンは、残りの〝フィーリア〟の人数を推測し、思わずため息をついた。

「……はぁ〜。普通のモンスターを相手にしてる方が、よっぽど気がラクだよ」

何しろ、相手はフィーリアの魂の一部分である。野蛮な〝フィーリア〟に勝つにしても、幼い〝フィーリア〟をあやすにしても、コリンの気苦労は並大抵なものじゃない。

「最初に出てきた聖女の〝フィーリア〟みたいなコばっかりだと、楽なんだけどなぁ」

それでも、洞窟の最下層を目指す意欲は、少しも衰えない。もうすぐ、フィーリアの感情と記憶を完全な状態に戻せる——それを思う時の高揚感に比べれば、多少の気苦労など大したことがなかった。

やがてコリンは、すぐ上の3フロアーと同様の長い通路を見つける。

通路を渡りきって、突き当たりの扉を開けると、果たして4人目の〝フィーリア〟が、大広間の中央に立っていた。

しかし、彼女の姿を見た瞬間、コリンはその場で固まってしまった。

「あら？　こんな所に男の人が来るなんて、珍しいわね」

今度の〝フィーリア〟は、胸や下半身が透けて見えるほど生地の薄い服を身にまとった、とても妖艶《ようえん》な女性だったのである。

「貴方、いったい誰なの？」

尋ねる声すら、なまめかしく聞こえる。コリンは顔が赤くなっていくのを自覚しながら、それでも平静を装って口を開いた。

「き、君は〝フィーリア〟だろ？」

「……貴方、どうしてわたしの名前を知ってるの？」

妖艶な〝フィーリア〟は、軽く目を見開いて驚く。

コリンは彼女にこれまでの経緯を、今まで集めた魂の結晶を見せながら説明した。

「そういうワケで、僕は君たちを集めて、ちゃんとした一人の女の子に戻したいんだ」

「ふぅん、ちゃんとした女の子に戻したい、ねえ……」

話を聞き終わると、〝フィーリア〟は意味ありげな含み笑いを漏らす。

そして、一言。

「で、その後エッチなコトするんでしょう？」

「えっ？　そ、そんなコト、考えたこともないよ！」

予想外の問いに、コリンはさらに赤面した。妖艶な〝フィーリア〟は、彼の様子を楽しそうに――あるいは馬鹿にしたように見つめる。

「ウソばっかり。貴方、いつもそんなコトばかり考えているんでしょ？　そう、顔に書いてあるわよ」

「ま、まさか！」

慌てて顔を撫《な》で回したコリンは、〝フィーリア〟の言葉がたとえ話であることにワンテンポ遅れで気付き、さらに頬を赤らめた。

〝フィーリア〟は彼に歩み寄りながら、目を細めて笑う。

「フフ……男の人って、みんなそうね。ちょっと優しくしてあげると、すぐエッチできると思ってるんだもの」

「そっそんなコトない……えっ？」

反論しようとしたコリンの顔を、彼女は両手の指先でそっと挟み込んで、色っぽくささやいた。

「ねぇ、せっかくだからさ、わたしが相手してあげようか？」

「あ、あいてって、何のだよ⁉」

「分かってるクセに。初めてなんでしょ？　優しくしてあげるから……ネ？」

「い、いや、ネじゃなくてさ……」

ジリジリと後ずさるコリン。しかし、胸の鼓動がおさまらない。

「フフフ……面白い。男の人って、みんなそう」と、〝フィーリア〟。

「ねえ、貴方の好きにしていいのよ？　したいコトを、素直にやってごらん。でも、痛いコトはしないでね」

にじり寄る彼女の胸の谷間が、そして薄衣越しの裸体が、否応なくコリンの視野に入ってくる。

「い、いいよ、僕は……」

彼は、たまりかねたように顔をそむけた。しかし、〝フィーリア〟は構わず迫ってくる。

「無理しちゃって。ねえ、早く抱いてよ……ねえったらぁ」

ねだりながら、コリンに抱きつこうとする〝フィーリア〟。

その時――コリンは両手を使って、彼女の身体をやんわりと突き放した。

「……やめてよ、フィーリア」

「どうしたの？　女の裸が怖いの？」

〝フィーリア〟は笑顔を崩さずに尋ねた。しかし、その表情がコリンの言葉で一変する。

「そうじゃなくて……何だか、痛々しいよ」

「……痛々しい？　わたしが？」

ポカンと口を開ける〝フィーリア〟。

コリンは、自分が感じたことを、正直に告げた。

「自分で気付いてるかい？『男はみんなそうだ』って言ってる時の君は、すごく寂しそうな目をしてるよ」

「寂しそう……！」

〝フィーリア〟の顔に、深い驚きの表情が浮かぶ。

しばしの沈黙の後、彼女は笑った。先程までの色っぽい笑みとはまるで違う、すがすがしい笑顔だった。

「わたしの胸の内を言い当てた人は、貴方が初めてよ。男なんてみんな、エッチにしか興味がないと思ってたわ」

「そんな……僕だって、興味がないワケじゃないと思うけど……」

今までとは異なる熱っぽさを帯びた視線に、コリンの顔は改めて赤くなる。

その様子にクスクスと笑う〝フィーリア〟の姿は、蜃気楼《しんきろう》のように揺らめき始めた。

「あっ、フィーリア……」

「貴方だったら、信頼してもいいかな……わたしのことも、貴方に任せるわ」

ほどなく、妖艶な〝フィーリア〟は深紫色の結晶へと姿を変えた。

コリンだけが残された大広間に、彼女の最後の呟きが反響する。

〝貴方に会えて、よかった……フフ、ありがと〟


いったん宿屋に戻ったコリンを驚かせたのは、彼の帰りを待ちかねていたサリアンの、弾むような言葉だった。

「コリン、聞いてよ！　今、フィーリアがひとりで、湖畔に出かけてるんだよ！」

「……フィーリアが⁉」

洞窟で保護されて以来、フィーリアが外出する時は必ずコリンが一緒で、自発的に外に出ることはなかった。

そのフィーリアが、ひとりで外出している——それは明らかに、彼女の感情の回復を顕著にあらわす出来事だったのだ。

「今、ポーニィが『お祝いしなくちゃ』って、急いでごちそうを用意してるわ」

「ごちそう⁉　気持ちは分かるけど、オーバーだなぁ」

「もうそろそろ準備ができるみたい。アンタさあ、洞窟から戻ってきたばかりで悪いけど、あのコを迎えに行ってあげてくれない？」

「分かった！」

コリンは革袋を持ったまま宿屋を飛び出すと、駆け足で湖に向かった。

——町はずれの森を抜け、湖にたどり着くと、コリンは思わず息を飲む。

「お帰りなさい、おにいちゃん」

湖畔に立つフィーリアが、彼をまっすぐ見つめていたのだ。

湖面の輝きに包まれた彼女の姿に、コリンは一瞬、見とれてしまう。

「た、ただいま」

「フィーリア、おにいちゃんが洞窟に行ってる間に、ひとりでここまで来てみたの」

と、フィーリアは嬉《うれ》しそうに言った。

「少し怖かったけど、来てよかった。この湖を見てるだけで、とっても気持ちが安らぐの。でも、おにいちゃんと一緒じゃなかったから、ちょっとつまらなかったかな」

まばゆいばかりの笑顔。コリンの心が揺さぶられる、純真な笑顔だった。

胸の高鳴りを覚えながら、コリンは革袋に手を突っ込む。

「こ、今度は、こんなモノを探してきたよ。両手を広げてごらん」

そして、フィーリアの手に、4つの美しい結晶——フィーリアの魂のカケラを乗せた。

「わあ、キレイ……」

フィーリアが呟いた途端、結晶はそれぞれの色の光を放ち始めた。

(えっ？　ど、どーなるんだ？)

目を丸くして、彼女を見つめるコリン。しかし、結晶の光が強すぎて、その顔はハッキリと確認できない。

やがて、光の勢いが弱まり、そして輝きが失せる。

気がつくと、4つの結晶は影も形もなくなっていた。

(フィーリアの中に、吸収されたのかな？)

コリンは怪訝そうに考えながら、顔を上げる。

その目の前には、彼と同様に軽く戸惑ったフィーリアの顔があった。

「なくなっちゃった」

「ど、どうしてだろうね」

何と言葉を返していいか分からず、コリンはつい適当に相づちを打ち——直後、驚いてフィーリアを凝視する。

彼女が、今まで見せたことのない表情を浮かべていたのだ。

「それより、おにいちゃん……わたし、何だか不思議な気持ち」

「……何かあったのかい？」

「おにいちゃんに言わなくちゃいけないことがあったのに、どうして今まで言い忘れてたんだろうって。それとも、言葉が思いつかなかったのかな」

その大人びた表情に、コリンは確信する。

（やっぱり、吸収されたんだ。フィーリアの魂が、身体に戻ったんだ！）

「だから、遅くなったけど、今から言うね……おにいちゃん、ありがとう」

彼の確信を証明するかのように、フィーリアは語った。

「わたし、おにいちゃんに会えて、本当によかった。わたし、おにいちゃんのおかげで、わたし自身を取り戻すことができたの。もし、おにいちゃんとあの洞窟で出会わなかったら、どうなっていたか分からないわ」

「フィーリア……」

「本当にありがとう、おにいちゃん」

そして、コリンの胸に飛び込んだ。

鼓動が速まるのを感じつつ、コリンは彼女の身体をそっと抱きしめた。

コリンを見上げて、微笑《ほほえ》むフィーリア。恋をするような、夢を見るような微笑の中に一瞬、かすかなためらいがひらめく。

躊躇《ちゅうちょ》が消えた時、彼女はささやいた。

「おにいちゃん、好き……大好き。わたし、おにいちゃんにキスしてほしい……」

告白を受けたコリンに、かすかな驚きがあった。それは、フィーリアの言葉に対してではなく――たった今に至るまで気付かなかった、自らの本心に対する驚き。

そして、驚きはあったが、ためらいはなかった。

「……僕もだよ」

小さく震えながら瞳を閉じたフィーリアの額に、コリンはそっと口づけをする。

鼻先をくすぐる、フィーリアの髪の甘い香り。

その芳香を、コリンは心の底から愛おしく感じた。

今さら、本心を否定する気は毛頭ない。

ただ、コリンは口づけを続けながら、不思議に思った。

(僕は……いつからフィーリアのことを、好きだったんだろう？)


「えへへへ……」

森の中を宿屋へ向かって歩きながら、フィーリアは顔を赤らめながら呟いた。

「おにいちゃんに、ちゅーされちゃった」

「そんなこと、声に出して言うモンじゃないよ」

コリンは人目をはばかるように、周囲を見回す。

(さすがに、村人に見つかって冷やかされるのは、少し恥ずかしいからな)

生まれて初めて自覚した恋心に、彼は気恥ずかしさと、それに倍する喜びを感じていた。

「とにかく、宿屋に急ごう。ポーニィがごちそうを作って、待っててくれてるぞ」

「ホントに⁉　何作ってくれてるのかなー」

二人は楽しげに語らいながら、森を抜け、村に戻ってくる。

その時——村の棟梁《とうりょう》が、ものすごい形相で駆け寄ってきた。

「どこに行ってやがった、コリン⁉」

「どうしたんだよ、そんなに興奮して？」

戸惑うコリンに、棟梁は村中に響く大声でわめいた。

「どうもこうもねえ！　モンスターにさらわれたんだよ、サリアンとポーニィが！」

「……さらわれたぁ⁉」

仰天するコリンとフィーリア。棟梁は泣きそうな表情を浮かべて、二人に説明した。

「ついさっき、洞窟から大勢のモンスターが飛び出してきたんだ！　村は大騒ぎになったんだけど、モンスターどもは脇目もふらずに宿屋を襲いやがってよぉ……！」

見ると、村には棟梁以外に人の姿がなかった。みんなモンスターにおびえて、家の中に閉じこもってしまっているのだ。

「ちきしょう！　本当は、俺たちみたいな村の男が、二人を守ってやらなくちゃならねえってのによぉ！」

「そんな、馬鹿な……どうして⁉」

一瞬、茫然《ぼうぜん》とするコリン。

不意にその横で、フィーリアがガタガタと震え出し、涙を浮かべた。

「わたしのせい！　きっと、洞窟から来たわたしのせいだわ！」

「……そんなことはない！」

我に返ったコリンは、彼女の肩に手を置いて、言い聞かせる。

「フィーリアのせいじゃないよ。それに、心配いらない。僕が助けに行くから」

「おにいちゃん⁉」

「フィーリアは、宿屋の戸締まりをしっかりして、留守番してるんだ」

「でも……」

「言うことを聞くんだ。心配しなくても、君にもらったお守り《アミュレット》が守ってくれるさ」

涙を流しながら見上げるフィーリアに、コリンは笑顔を作ってみせた。

第7章　置き手紙

『わ、わしらが人間をさらうワケ、ないヌボ！』

――ヌボリアン宮殿へ行くと、ただならぬ迫力におびえながら、衛兵が否定した。

『世界の外から、人を誘拐するワケないじゃろ！　いいから、幽霊はここから立ち去るんじゃ！』

――念のために訪れた洞窟《どうくつ》の中の小さな〝世界〟では、長老に追い返されてしまった。

「となると……やっぱり、洞窟の最下層まで行かなきゃならないか！」

そう判断したコリンは、血相を変えて洞窟を突き進んだ。

襲いかかってくるモンスターを、ものすごい勢いで蹴散らしながら進む彼。

左手に、盾はない。自分の身を守る時間すら惜しい彼には、不要なものだったのだ。

コリンはそのため、身体のあちこちに傷を負う。しかし、痛みを感じられる精神状態でもなかった。

「誰が……誰が二人をさらっていったんだ!?」

見当もつかぬまま、彼はガムシャラに階段を降り続け、フィーリアの〝分身〟たちがいた大広間も次々に通り過ぎる。

やがてコリンは、妖艶《ようえん》な〝フィーリア〟のいた大広間の奥に、下り階段を見つけた。

その階段を足早に降りながら――コリンはふと、妙な胸騒ぎを覚える。

「……待てよ？　この辺の階層に、〝フィーリア〟たちがいたんだよな？」

そして、フィーリアの〝分身〟が、コリンの見つけた４人だけであるという保証など、どこにもない。

「まさか……いや、でも……」

不安げに呟《つぶや》きながら、階段を降りきった彼は、大急ぎでフロアーを探索する。

やがて――コリンはまたしても、大広間を見つけた。

足を踏み入れた途端、目の前に見慣れた少女が現れる。

「ようこそ、コリン。私は……まあ、そのことは先刻ご承知なはずね」

不敵な態度で語る少女に、思わずコリンは叫んだ。

「……フィーリア！」

「ご名答。ただし、私は心の中の狡猾《こうかつ》さ……つまり、フィーリアの〝悪の部分〟ね」

５人目の――狡猾な〝フィーリア〟は嘲笑《ちょうしょう》を浮かべる。

「あなたのことは、充分に知っているわ。あなたが何のために、この洞窟を探検しているのかもね」

「だったら……」

口を開きかけるコリンを、〝フィーリア〟は、

「黙って！」

と、鋭く制した。

「この際、はっきり言わせてもらうわ……あなた、この件から手を引きなさい。私は、このまま一人の存在でいたいの」

その瞳に宿していたのは、野蛮な〝フィーリア〟のような攻撃衝動ではない。

純粋な、敵意であった。

「あなたにとっても、私の存在など必要ないでしょう？　あの子は、今の純真無垢《むく》な状態で充分なはずよ」

しかし、コリンは即座に言い返す。

「充分じゃないさ！」

「何ですって……？」

「僕は、フィーリアを元に戻すと決めたんだ。それこそが、彼女の幸せだと思って。悪の部分のない人間なんて、いやしない。純真無垢なフィーリアなんて……本物のフィーリアじゃない！」

そして、正面から狡猾な〝フィーリア〟を見据える。

だが――その程度の反応は、〝フィーリア〟にとって予測の範囲内のものだったようだ。

「……そう言うと思った。やっぱり、〝準備〟はしておくものね」

「なにっ？」

「ついてらっしゃい。隣の部屋に来れば分かるわ、私がどんな人格なのかが」

言いながら彼女は、部屋の奥にある扉を押し開く。

「そうすれば、さしものぁなたも、私に構うのをあきらめるでしょう」

「どういうことだ……？」

眉《まゆ》をひそめ、コリンは〝フィーリア〟に続いて、隣室へ移る。

その瞬間――絶叫が、彼の口からほとばしった。

「……サリアン！　ポーニィ!!」

隣室の中央では、天井から伸びる2本のロープに縛られて――サリアンとポーニィが吊《つる》されていたのだ。

しかも、二人の足許には、大きくて四角い穴が開いていた。

二人は気絶しているらしく、うなだれたまま声ひとつ上げない。

代わりに、〝フィーリア〟が補足した。

「穴は底なしよ。どこまで落ちるか、見当もつかないわ」

「……二人をさらったのは、君か！」

「あなたがフィーリアとイチャついてる間に、地上を襲撃したの。忠実なモンスターたちを使ってね」

こともなげに言う彼女を、コリンは強くにらみつけた。

（まさか、このためだけに、二人をさらったのか……!?）

「さて、ここから落ちたら、どうなるかしら？」

〝フィーリア〟は底なしの穴を覗《のぞ》き込みながら、楽しそうに言う。

「でも、どちらか一人だけなら助けてあげるわ。助けたい方のロープをはずしなさい」

「何だと……!?」

その言葉に、コリンの顔色が変わった。

狡猾な〝フィーリア〟の言葉が、「残った一人を穴に落とす」ことを意味しているのは、あまりにも明白だったからだ。

「く、くそう……」

我知らず、彼はノドの奥からうめき声を上げた。

――そのうめきに、反応したのだろうか。

「ウーン……あ、あれ？」

不意に、サリアンが意識を取り戻したのだ。

彼女は自分の置かれている状況を把握するなり、派手に騒いだ。

「な、なによコレ!?　どーしてアタシが、こんな所に吊り下げられて……あーっ！　アンタ、宿屋を襲ったフィーリアのニセモノね！」

「……静かにしないと、二人とも落とすわよ」

顔をしかめて〝フィーリア〟が言い渡すと、さすがのサリアンも一瞬おとなしくなった。

それを確認してから、彼女は勝ち誇った表情で、決断を迫った。

「さあ、あなたの大切な人を、一人だけ選びなさい！」

残酷な宣言が、コリンの鼓膜に突き刺さる。

当然、どちらかを選ぶことなど、できるはずもない。

(何か……何か、二人とも助ける方法はないのか⁉)

知恵を振り絞ろうにも、彼に与えられた選択肢は、ないも同然だった。

その時――サリアンが叫んだ。

「迷ってんじゃないわよ、コリン！　ポーニィを助けなさい！」

「……サリアン！」

「アタシを助けてごらんなさい、一生許さないから！　家族の縁も切ってやる！」

顔面蒼白《そうはく》になりながらも、彼女は語気鋭く義弟に言い渡す。

それは、サリアンの〝遺言〟でもあった。

「今日からアタシの部屋は、フィーリアのものだからね。アタシがいなくなったからって、お風呂を覗いちゃダメよ。代わりに、アンタにはアタシの仕事をあげる。ポーニィと一緒に、宿屋を盛り立てていってね。それから、バーのマスターには、世話になったって伝えておいて……」

「これ以上、待ってられないわよ！」

苛立《いらだ》った〝フィーリア〟が、サリアンの言葉を途中で断ち切る。

「さあ、早く選びなさい！」

「…………」

コリンは、唇をかみしめてうつむく。最後の決断を、なかなか下せないのだ。

それを見かねて、サリアンは叱咤《しった》した。

「早くしなさい！　男でしょっ!!」

「……ごめん、サリアン！」

ついにコリンは意を決し、ポーニィの身体を引き寄せて、ロープをほどいた。かみしめた唇から、血が一筋したたり落ちる。

ポーニィが助けられたことを確認した〝フィーリア〟は、満足げに言い放つ。

「じゃあ、見捨てた娘とはサヨナラね……！」

その瞬間、サリアンの吊り下げられたロープの根本が、ブツリと音を立てて切れた。

サリアンは物理法則に従って、底なしの穴へと落ちていった。

「サ、サリアーンッ！」

顔色を失い、穴を覗き込んで絶叫するコリン。

彼に向かって、サリアンは精一杯の笑顔を作って——そして落ちていった。

コリンは愕然《がくぜん》と、穴を覗き続ける。

その耳を、狡猾な〝フィーリア〟の高笑いが刺激した。

「アッハハハハハハハハ！　ニセモノの家族が、よくやるわね！」

「……！」

反射的に、彼女をにらみつけるコリン。〝フィーリア〟はその視線を、心地よさそうに受け止める。

「どう？　八つ裂きにしたいほど、私が憎いでしょ？　こんな私を、大切なあなたのフィーリアちゃんとひとつにしようだなんて、正気の沙汰《さた》じゃないわ！」

「…………」

「あなたは今のままで充分なはず。カワイイ女の子が一途に想ってくれている……それ以上、何を望むというの？」

「…………」

彼女の言葉に対して、コリンは無言だった。

涙があふれてきて、なかなか口を開くことができないでいるのだ。

しかし——それは、怒りや恨みの涙ではない。

「じゃあ、これでお別れね。あなたはさっさと地上に戻って、あの子と一緒に幸せに暮らしなさい……」

そう言い残して、〝フィーリア〟が大広間へ去ろうとした時。

「フィーリア……君は、本当にそれでいいのか？」

コリンは涙声ながら、ようやく言葉を発することができた。

「どういう意味？」

彼の言葉を聞きとがめて、歩みを止める〝フィーリア〟。彼女の瞳と、コリンの涙に濡《ぬ》れる瞳が交わった。

「どうして君は、こんなことまでして僕を試すんだ？　僕がフィーリアを元に戻したいという気持ちは、ここまでしないと証明できないものなのか？」

「……証明も何も、あったモンじゃないわ。私は、このまま一人の存在でいたいだけ」

「だったら……僕の前に、現れなきゃいいじゃないか！　現れたってことは、本当に一人でいたいワケじゃないってことだよ」

「なっ……!?」

不意に、〝フィーリア〟の顔色が変わった。冷笑ばかり浮かべていた顔が、激情に赤く染まる。

「そんなに、僕を信じたいのかい？」と、コリン。

「フィーリアに、どんな過去があったのかは、僕には分からない。だけど君は、人を信じることを怖がってるようにみえる……」

「その過去のことを、あなたは考えたことがあるの!?」

〃フィーリア〃はすかさず――というより、慌てて彼の言葉を断ち切った。

「私が、あなたのフィーリアとひとつになれば、感情が元通りになると同時に、記憶も復活するわ。あなたとは別の世界で暮らしてきた記憶を、全て取り戻してしまうのよ？」

「フィーリア……」

「ここまでされてなお、そんな都合の悪いことを望むなんて、本当の馬鹿よ？」

いつの間にか、説得口調になっている〃フィーリア〃。

彼女の言葉が途切れると、コリンは涙をぬぐって、静かに言った。

「……君は可哀想《かわいそう》だ。なんて可哀想なんだ」

「かわいそう？」

「君は自分のことを〃悪の部分〃って言ったけど……僕には君が、人を信じたくても信じられない、孤独で可哀想な人格に見えるよ」

一瞬、部屋の中に沈黙が流れる。

それを破ったのは、狡猾な――もとい、孤独な〃フィーリア〃の、震える声であった。

「……フ、フン。何を言い出すかと思ったら、同情でもしようっていうの？　あなたなんかに、同情なんてされたくないわ」

コリンは構わず、彼女の瞳をジッと見つめながら、語りかける。

「人を信じなくちゃ、本当の安らぎや愛情は感じられないのに……つらくないのかい？」

その瞬間――。

「そんなことはない！」

突然〝フィーリア〟は、彼の胸ぐらをつかんで叫んだ。

「何がつらいものか！　私は！　私は……！」

唇が震えている。フィーリアの肉体と5つの人格を通して、初めて見せる激情だった。

彼女の身体を、コリンは胸ぐらをつかまれたまま抱きしめる。

「フィーリア……君はもう、分かってるはずだよ」

「…………」

すると、〝フィーリア〟の表情は次第に、泣き顔に変化していった。

「……泣きたいのに」

これまでとは一転、彼女は消え入るような声でささやく。

「泣きたいのに、私の心は泣くことも、安らぐことも許してくれない……」

哀しい呟きを聞きながら、コリンの脳裏には聖女の〝フィーリア〟の姿が浮かんだ。

『どんなに嫌な姿のフィーリアであっても、どんなに憎みたくなるような存在のフィーリアであっても……あなたは愛し続けることができますか？』

彼女の問いに、コリンは力強くうなずいたものだ。

その時の誓いが偽りでないことを、彼はどうにか証明できたような気がした。

「……あなたについていけば、私は泣くことができるの？　この心は、救われるの？」

わずかに甘えたような口調で問う〝フィーリア〟に、コリンは静かにうなずいた――。


『お姉ちゃんは、どこに行ったの⁉』

意識を取り戻すなり狼狽《ろうばい》を始めたポーニィに、コリンは半分ウソをついた。いわく、

『さらに別の所へ連れ去られた。君を宿屋に戻したら、改めて助けに行くよ』

――サリアンが穴に落とされたとは、どうしても言えなかったのだ。

その後、彼は最後の〝フィーリア〟の結晶を持って、ポーニィと一緒に洞窟を脱出した。

宿屋にたどり着いたコリンが最初に目指したのは――自分の寝室。ポーニィを守りながら洞窟をさまようという、困難を極める作業を行ったためか、彼はかつてないほどに疲労困憊していたのだ。

「ごめん、ポーニィ。サリアンを助けに行く前に、少しだけ眠らせて……」

「とにかく、ゆっくり休んで。無理しないでね……おやすみなさい」

「おやすみ……」

ドアを閉めると、コリンはそのままベッドの上に身体を投げ出した。

急速に遠のく意識の中で、彼はふと思い出した。

「……そういえば、留守番してたフィーリアに、最後の結晶を渡さなきゃ……」

緩慢な動きで革袋をあさり、どうにか結晶を取り出すが――そこまでが、体力の限界だった。コリンは結晶をベッドの上に転がしたまま、そのまま眠りに落ちてしまった。

――どの程度、眠った後だろうか。

「おにいちゃん……」

コリンの意識は、フィーリアの言葉を感じ取る。

それが夢ではなく、本物のフィーリアの声であることに気付くまで、少し間があった。

かすれた声で尋ねると、やや緊張したフィーリアの返事が返ってくる。

「……フィーリア？」

「少しいいかな？　目をつぶったままで、聞いてほしいの」

「うん……どうしたの？」

「おにいちゃん、わたしのこと、好きだって言って」

「うん、好きだよ……？」

素直に答えはするものの、まだ意識がハッキリしないコリンには、フィーリアの言葉の真意がはかれない。

だからだろうか。フィーリアの声には、じれったそうな響きが混じった。

「そういう好きじゃなくって、一人の女性として好きって言ってほしいの」

「……何かあったの？」

「お願い、今は何も聞かないで。あとでちゃんと話すから……」

ここまで言われると、いくら寝ぼけていても、不安になる。

ひとまず、ちゃんと起きて話を聞こうか――コリンが考えた、その時。

「おにいちゃん……抱いて、ほしいの……」

「……!?」

想像力の限界をはるかに超える告白に、コリンの目は一瞬にして覚めてしまった。

勢いよく上体を起こす彼の目に、着ている服を胸のところまで脱ぎかけているフィーリアの姿が映った。

フィーリアは恥ずかしそうな、それでいて寂しそうな口調で繰り返す。

「何も聞かないで。今は、おにいちゃんに抱いてほしいの」

「…………」

目が覚めても、やはりコリンに彼女の真意はつかめない。

ただ――フィーリアが〝だっこしてほしい〟と言ってるわけでも、思いつきで言ってるわけでもないことは、感じ取ることができた。

彼はフィーリアをベッドの上に座らせて、その瞳を正面から見つめる。

「……後で、話してくれるんだよね？」

無言でうなずくフィーリア。

コリンの覚悟は決まった。彼はフィーリアを一人の女性と見なした上で、ささやく。

「好きだよ、フィーリア……」

「おにいちゃん……」

フィーリアは、目を潤ませながら顔を寄せてきた。

そして、軽く唇を交わす。

唇越しに、フィーリアの震えが伝わる。甘く優しい彼女の香りが、コリンの鼻孔を通じて心にまで届く。そして衣擦《きぬず》れの音、服越しに伝わる体温——コリンの五感は、フィーリアの全てを鋭敏に感じ取ろうとしていた。

心臓の鼓動が痛いほど速まっていくのを感じつつ、コリンは下着の上から、フィーリアの胸に掌《てのひら》で触れる。

ふくらみ始めたばかりの乳房は、まだ硬さを残しており、フィーリアの拍動をダイレクトに伝えていた。

「おにいちゃんの手って、気持ちいい……」

フィーリアはコリンの手の甲に、自らの掌をそっと重ねた。ハッキリと伝わってくる彼女の胸の高鳴りがコリンの心を急速に乱していく。

「フィ……フィーリア……」

「いっぱい、触って……わたし、今はおにいちゃんのことで、心をいっぱいにしたいの」

甘い言葉に、逆らう術《すべ》はなかった。コリンはもどかしそうにフィーリアの服を脱がせると、彼女の乳房を本格的に揉《も》みしだき始めた。

ただ、初めての経験で、力加減を調節するのは難しいようだ。

「あぅん！」

彼は力を入れすぎて、フィーリアを痛がらせてしまう。

「おにいちゃん……いたいよ……」

「えっ!?　ご、ごめん！」

つい、うろたえてしまうコリン。彼はいったん乳房から手を離し、代わりにピンク色の乳首にキスをした。

「んっ」

くぐもった声が、フィーリアのノドから聞こえてくる。その声に興奮したコリンは、乳房の尖端に何度も口づけをした。既に鉄のように硬くなった、コリン自身の股間《こかん》が痛い。

「あ……うん……」

部屋の外へ響くのを気にしてか、フィーリアは努めて声を押し殺している。それでも、執拗《しつよう》に乳首を責められるうちに、彼女の顔は鮮やかな桜色に染まっていく。

続いてコリンは、キスをしていた唇を、徐々に下半身に向かって移動させていった。

「やっ、おにいちゃん……恥ずかしい……」

そして、フィーリアが言い終わるか終わらないくらいのタイミングで、太股《ふともも》の内側に軽く噛《か》みついた。

「はっ！　……ぅん……」

不意の刺激に、フィーリアも声を殺しきれない。その拍子に、彼女の太股が軽く動く。

その間隙を縫って、コリンは彼女の股間に手を伸ばす。股間の奥にある花弁は、固く閉ざされていて、まだあまり濡れていなかった。

コリンはおもむろに顔を近付け、花弁に唇を押しつけた。

「アッ……おにいちゃん、やめて……そんな……」

子犬のような声を聞きながら、彼は花弁の周囲を舌でなぞり、ときおり唇で強めに吸う。

「きゃ！　ぅうん……おにいちゃん、おにいちゃん……」

次第に花弁が、軽くピクピクと動くようになってきた。フィーリアの気持ちがまだついてきていないようだが、身体は充分に反応を始めている。

やがて、フィーリアはわずかに上体を起こし、切なそうな視線でコリンを見つめた。

「おにいちゃん……わたし、おにいちゃんとひとつになりたいの……」

コリンは息を飲みながらうなずくと、フィーリアをベッドに横たえさせ、彼女の両脚に自分の下半身を割り込ませる。

「さあ、力を抜いて。緊張しなくていいから……」

フィーリアを安心させようと、声のトーンを落としてささやくコリン。

しかし、緊張していたのはコリン自身。彼は自分自身をフィーリアの花弁にあてがうや否や、やや強引に滑り込ませてしまったのだ。

「ん!!　……痛い！」

当然の悲鳴に、コリンは軽く狼狽する。

「だ、大丈夫!?」

「ウ、ウン……」

うなずきはするものの、フィーリアは彼の腕にしがみつき、痛みに震えていた。心配させまいと、うつむいて涙を隠す彼女の様は、かえってコリンを不安にさせた。

「無理しなくていいよ。もし、つらいなら……」

気遣わしげに尋ねようとするコリンを、フィーリアは途中でさえぎった。

「お願い……やめないで」

「フィーリア？」

「ゆっくりなら、平気だから……ねぇ、お願い……」

あまりにも真剣な彼女の声に、コリンはうなずかざるを得なかった。

既に半分ほど沈み込んだコリンは、フィーリアの浅い呼吸に合わせて、きゅうきゅうと締めつけられている。

コリンは腰を、ゆっくりと動かし始めた。フィーリアを痛がらせてしまったことに懲りたからか、彼はもどかしいほど緩慢な動きに終始する。

やがて、フィーリアの締めつけが徐々に緩くなり、コリンをより深くへ導き出した。

それに従って、フィーリアのあえぎ声が微妙に震えていく。

「おにいちゃん、怖いよ……」

「え？　何が？」

「分かんない……けど、こんな感覚、初めて……」

未知の感覚に対する恐怖が、彼女の声を自然と震わせていたのだ。

コリンにとっても、身体中の熱が一点に集中するような感覚は、初めてだった。

その熱は、フィーリアと深い深いキスを交わすと、さらに下半身へ溜め込まれていった。

「気持ちいいかい……？」

肩で息をしながら、コリンが尋ねる。

「おにいちゃん……よく分からないの」というのが、フィーリアの答えだった。

「でも、やめてほしくないの。お願い……」

「ウン……！」

本能のおもむくままに、コリンは腰の動きを次第に速めていく。

すると、最初の頃はただ痛がっていたフィーリアの反応が、目に見えて変わった。

「あん……ううん、ハァッ！　……くぅうん」

彼女の声は次第に甲高く、大きくなっていく。もはや、苦痛の響きは感じられない。

その声が不意に低くなり、そして再び高くなって——。

「ああ、怖いの……やだ、何か来る……あぁぃ、いやっ！　怖いっ、怖いよぉ！」

絶叫した瞬間、フィーリアはコリンを抱きしめ、花弁はコリンを締めつける。初めて、フィーリアが昇りつめた瞬間であった。

「くぅぅっ……！」

コリンも急激な刺激に耐えきれず、フィーリアの中で勢いよく果てるのだった。

——全てが終わった後、コリンの意識は再び、睡魔に侵されていった。胸に感じるフィーリアの体温以外、ほとんどの感覚が失われていく。

ふと彼は、唇に柔らかな感触を覚える。フィーリアがキスしているのだろうか。しかし、もはやまぶたを開けることすらできない。

やがて、唇の感触も失われる。意識を完全に失う直前、フィーリアの言葉がコリンの脳に染み込んだ。

「おにいちゃんには、ホントにわがまま言っちゃったね……それじゃあ、ありがとう。おやすみ……なさい……」


再びコリンが目覚めた時、既にフィーリアの姿は、室内になかった。

「ああ……自分の部屋に戻ったのか」

ぼんやり呟きながら周囲を見渡した彼は、ベッド脇の小さなキャビネットの上に視線を移した時、異変に気付く。

何やら、文章の書かれている紙切れが乗っていたのだ。

「フィーリアの……置き手紙か？」

首をかしげながら、文面に視線を走らせる。

しかし、コリンの顔は見る間に、驚愕《きょうがく》にゆがんでいった。

『　おにいちゃんへ
今まで、本当にありがとう。

おにいちゃんが冒険をしてくれなかったら、
わたしは目覚めることなんてできなかった。
それなのに……ごめんなさい。
黙って出ていくなんて、勝手よね。
でも、どうしても帰らなくちゃいけないの。
さよなら、おにいちゃん。
わたしのことは、もう忘れて…………』
「……何だ、これは⁉」
紙を持つ手が、思わずブルブル震えてしまう。
書き残されていたのは、明白な決別のメッセージだったのだ。
コリンは不意に、フィーリアと結ばれる直前のことを思い出す。
「そういえば、最後の結晶はどこだ⁉」
慌てて探すが、ベッドの上にあった〝フィーリア〟の結晶は、部屋から消えていた。

これらから、導き出される事実は、ひとつ。

「そうか……フィーリア、記憶を取り戻したのか！」

その前提で手紙を読むと、最も気になる一文は——。


『でも、どうしても帰らなくちゃいけないの。』


「どうして、帰らなくちゃいけないんだ⁉」

コリンは憤りを隠そうともせず、大急ぎで洞窟探検の準備を始めた。

やっと、フィーリアの感情が完全に戻ったというのに——ついに、フィーリアと結ばれたというのに——どうして、彼女のことを忘れなければならないというのか！

真意をフィーリア自身から聞き出さなければ、納得できそうもない。

幸い、彼女が〝帰る〟場所については、コリンは仮説を持っていた。

その時、ポーニィが不安そうな顔をして、部屋に入ってきた。

「ねえ、ちょっと変よ？　さっきから、フィーリアの姿が見当たらないの！」

コリンは革袋を背負い、長剣と盾を両手に持つと、覚悟を決めた表情で告げる。

「捜してくるよ……ひょっとしたら、サリアンと同じ所に行ったかもしれないんだ」

第8章　底なし穴の向こう側

手がかりは、洞窟《どうくつ》の中にヌボリアン宮殿があり、小さな〝世界〟があったことだ。地上の人間が知らなかった小世界がふたつもあったのだから、他にも似たような小世界がある可能性は、高いのではないか。

さらに、サリアンとポーニィを人質にとっていた、狡猾《こうかつ》な〝フィーリア〟の一言も、重大な意味を持っているのではないか。

『穴は底なしよ。どこまで落ちるか、見当もつかないわ』

あれほど地下深い場所に、本当に底なしの穴が存在するのだろうか？

仮に、あの穴が本当は底なしなどではなく——誰にも知られていない小世界の入口だとしたら？

——コリンは、以上のような仮説を立てた末、最初にフィーリアを捜す場所を決めた。

「まず、最後の〝フィーリア〟がいた場所を捜してみよう。サリアンが落とされた、あの穴を……！」

いざという時のために〝オーブ〟の使用は極力抑え、モンスターの妨害を剣だけで排除しながら、彼は底なし穴へと急ぐ。

20カ所近くもある階段を全て降りきって、コリンはようやく底なし穴のあるはずのフロアにたどり着いた。

それと同時に、彼の身体が軽く震え出す。むろん、病気ではない。

「あんな仮説を立ててはみたけれど……やっぱり、あの中に飛び込むのは、勇気がいるよなぁ」

どうやら彼の肉体が、意思よりも正直に反応しているらしい。

それでも、行くしかない――コリンは自分に言い聞かせて、迷宮の中をひたすらにさまよった。

やがて、彼は大広間に続く長い通路を発見する。

「いよいよかぁ……」

表情を引き締め、大広間目指して歩き出そうとするコリン。

その視界に――ふと、見慣れた人影が確認できた。

コリンは思わず、声を上げてしまう。

「……フィーリア!!」

「お、おにいちゃん!?」

振り向いた人影は、やはりフィーリアであった。彼女はコリンの姿を認めると、急いで大広間へと去っていく。

「お、おい！　待ってくれ、フィーリア！」

コリンは、走って後を追う。

ようやく大広間に到着すると、フィーリアは既に、底なし穴のある隣室へ入ろうとしていた。

「どうして逃げるんだ、フィーリア⁉」

「……ごめんなさい！　もう、追わないで！」

フィーリアは、隣室へと姿を消す。コリンも大急ぎで隣室に入る。

しかし――コリンが入室したその時、フィーリアの姿は部屋のどこにもなかった。

「消えたのか……？」

口に出しては、そう自問する。

だが、コリンには分かっていた。隠れられるような物陰の一切ない、この部屋に入って姿を消すには――部屋中央の底なし穴に飛び込むしかないことを。

恐怖心はなおも、コリンの足をすくませる。

それでも、フィーリアやサリアンへの思いが、恐怖心を上回った。

「……ええい、一か八かだ！」

コリンは歯を食いしばり、穴の中央へ身を躍らせた。

途端に、彼の身体はものすごい勢いで落下を始める。

「うっ、うわぁぁぁぁぁぁっ‼」

恐怖と、落下する感覚そのものに耐えきれずに、コリンは思わず長い悲鳴をほとばしらせる。

しかし彼の身体は、悲鳴を上げるのに疲れてしまっても、まだ落下を続けた。

「い、いつまで落ち続けるんだ……？」

本当に、底なしの穴なんだろうか。それにしても、際限なく落下しているような気がする——いつしかコリンの心の中では恐怖よりも、疑問の方が大きくなってきていた。

その疑問は、ある瞬間を境に、さらに大きくなる。

「……あれ？　なんだか変だぞ？」

コリンは落下ではなく、際限なく上昇しているような感覚を覚え始めていたのだ。ものすごいスピードで空中に浮き上がるような感覚は、まるで未経験のものだった。

「えーっ？　僕、落ちてるのか？　それとも飛んでるのか⁉」

疑問に答える者は、いない。

やがて、〝上昇〟するスピードは急速に落ち、コリンの身体はほとんど停止状態に近くなる。

気がつくと、彼のすぐそばにはツタのからまった壁面があった。

コリンは夢中で手を伸ばし、ツタを両手でしっかりつかんだ。

頭上からは、うっすらと光も射している。

「どっ……どうにか、生き延びたのか？」

再び、誰も答えてくれない自問をしながら、彼はツタを頼りに壁面をよじ登り始めた。

長い時間をかけ、ようやく壁面の一番上まで登り切ったコリンは、そこに床を発見し、やっとの思いで身を投げ出した。

「ひとまず、助かったぁ……！」

床にひっくり返り、ゼエゼエ息を切らしながら、彼は安堵《あんど》の声を上げる。

しかし、一瞬の喜びが去ると、今度は圧倒的な不安感が襲ってきた。

「……で、ここはどこだ？」

ゆっくり立ち上がり、周囲を眺めながら、コリンは茫然《ぼうぜん》と呟《つぶや》く。

そこは——一面の〝銀世界〟。

床も、壁も、そして天井も、全てが見慣れぬ金属で作られた、あまりにもメタリックな風景であった。

「いくらなんでも、これが自然にできたってコトは、ないよな……」

取りあえず、あてもなく歩き始めるコリン。

「だとしたら……ここは建物なのか？　でも、こんなに高い天井の建物なんて、普通はお城くらいしかないいんじゃないか？」

彼は歩けば歩くほど、この極めて非現実的な風景に圧倒される。

「それにしても、ここが、ホントに、手紙でフィーリアが書いていた『帰らなくちゃいけない』ところなんだろうか……？」

不安げに呟きながら、コリンは金属製のドアの前を横切ろうとする。

その瞬間、ドアは前触れもなく、音を立ててスライドした。


プシューッ！


「うわっ⁉」

突然の出来事に、仰天するコリン。人の手によらず自動的に開くドアなど、彼は見たことがなかったのだ。

そして――ドアの向こうにいた女性の姿に、コリンはさらに驚愕《きょうがく》する。

「えっ……コリン⁉」

「……サリアン‼」

室内にいたのは、狡猾な〝フィーリア〟によって底なしの穴に落とされた、サリアンだったのである。

「会いたかったよぉぉおっ‼」

サリアンはまるでタックルのように、すごい勢いでコリンに抱きついた。

少しよろけながらも受け止めたコリンは、心底ホッとしながらサリアンを抱きしめる。

「よかった……無事だったんだね！」

「生まれた初めて、心細かったよーっ」

滅多に泣き言を言わないサリアンの悲鳴に、彼は思わずこぼれそうになった笑いをかみ殺すのに、少なからず努力を要した。

ひとしきり再会の感動にひたった後、コリンはサリアンのいた部屋——どうやら、保存食倉庫のようだ——で、サリアンが穴に落とされてからの出来事を説明した。もちろん、彼とフィーリアが結ばれたことは内緒だが。

「ポーニィは無事なんだね。よかった……」

胸を撫《な》で下ろすサリアンに、コリンはフィーリアのことを尋ねてみた。

返答は、ある意味で予想通りだった。

「……見なかったわねぇ。ここで見た生き物って、アンタが初めてだよ」

「うーん、そっかぁ」

取りあえず、この謎の建物を探索するにしても、今の疲れ切った状態では危険すぎる。

コリンはいったん、この部屋で仮眠を取ることにした。

「お休み、コリン」

「ウン、おやすみ」

部屋の照明を落とすと、二人は部屋に備えつけてあった2台のベッドにもぐりこむ。

間もなく、サリアンの健やかな寝息の音が、コリンの耳に届いた。

（相変わらず、寝付きがいいなぁ）

軽く苦笑すると、コリンも目を閉じて眠りにつこうとする。

――彼がようやく、ウトウトしかけた頃。

「違う……」

コリンは、不意に部屋に響いた声で目を覚ました。

（サリアンの寝言か？）

軽く上体を起こし、サリアンのベッドの方を眺めて――そして、言葉を失う。

「この娘ではない……このままでは、このままでは私は……」

声の主はサリアンではなく――彼女の枕元でジッと顔を覗《のぞ》き込んでいる、何者かだったのだ。

（誰だ、いったい⁉）

薄暗がりで、顔がよく見えない。コリンは正体を見極めようと、息を殺して注視する。

ほどなく、侵入者は無言で部屋を立ち去ろうとした。

その刹那《せつな》、外から差し込んでくる光が、侵入者の顔に当たる。

コリンの目に映ったのは――見慣れた顔立ちであった。

（……フィーリア⁉）

侵入者はまぎれもなく、フィーリアだった。

（本人か？　それとも、他にもフィーリアの〝分身〟がいたのか……？）

コリンはそっと立ち上がり、サリアンを起こさないよう静かに部屋を出て、去りゆく侵入者の後ろ姿に声をかける。

「待ってよ、フィーリア！」

「……何？」

侵入者は振り返った。その表情を見て、コリンは慄然《りつぜん》とする。

（えっ……これが、フィーリア？）

侵入者は、恐ろしく冷たい目をしていた。

魂の一部だった〝フィーリア〟たちと根本的に異なる、感情の希薄な瞳。

「あなた……私を邪魔するの……？」

その瞳に直視され、コリンは全身が凍りついたように、動けなくなってしまう。

しばらく無言で対峙《たいじ》した後、フィーリアは――あるいは、フィーリアの姿をした何者かは、きびすを返して去っていった。

その場で立ち尽くしたまま、コリンはパニックに陥ることなく、必死に頭脳をフル回転させる。

「……しっかり考えろ、コリン。今の〝フィーリア〟も、本物のフィーリアと無関係なワケがないんだ。確かに、フィーリアは何らかの目的があって、この不思議な建物に〝帰ってきて〟いるはず。捜し出すことはできるはずだ……」

さまざまな経験を経たコリンは、闘いの技術だけでなく、精神面でも著しい成長を遂げていたのだ。

その後、充分に休息と食事を取ったコリンは、いよいよ本格的に、この建物の探索を始めることにした。

「ここには、結構ヤバそうなモンスターがいるみたいだから、くれぐれも気をつけるんだよ」

サリアンは彼を、心配そうに送り出す。その様子に、コリンは軽く噴き出した。

「ちょっと、何がオカシイのよぉ？」

「いや、サリアンってなんだか、お母さんみたいだなーって思ってさ」

言われて、瞬時に赤面するサリアン。

「……何言ってんのよ、アンタは！」

「えー、ホメ言葉だよ、一応」

「分かってるわよ、そんなこと！」

照れ隠しに渋い顔を作る彼女に、コリンは表情を改めて言った。

「サリアン……もし村に戻れたら、あんまりお酒を飲み過ぎちゃダメだよ。ベロベロに酔っぱらっちゃうと、ポーニィにだって迷惑かかるんだし」

「何よアンタ、いきなりアタシの楽しみにケチをつけ……」

反発しかけて、サリアンの表情が微妙に変わった。

わずかに押し黙った後、彼女は違う表現で文句をつける。

「……アタシが何杯飲もうが、勝手でしょ。心配なら、アンタが直々に止めりゃあイイのよ」

「ウン……そうだね」

微笑《ほほえ》むコリンに返ってきたのは、彼の尻を狙《ねら》った、サリアンの重い蹴りであった。

「くだらないことをグダグダ言ってないで、さっさと行ってきなさい！（ゲシッ）」

「イテーッ！　……分かったよぉ」

尻をさすりながら歩き出すコリンに、サリアンの現金な台詞が飛んできた。

「そろそろ、キレイな宝石とかアクセサリーとか、期待してるからねー！」

「ムチャ言うなよ、もう……」

苦笑を浮かべるコリン。もちろん彼は、サリアンのおねだりが彼女なりの激励であることを、よく承知していた。

そして――恐らくサリアンも、感じ取ったのだろう。

場合によっては、コリンが村に戻らないつもりであることを。

「……まあ、そーいうコトは、問題が解決してから考えよう」

気を取り直して、コリンは探索を始める。

モンスター自体は、なかなか姿を見せなかった。

ただ、たまに現れるモンスターは、全身が金属製のカラクリ人形みたいなものが多く、やっつけるのにとても時間がかかった。

「くそっ、剣の刃がなかなか通りゃしない！」

それでもどうにか、数体の金属モンスターを退け、コリンは上りの階段を発見する。

「だけど、フィーリアがいるとしたら、どの辺なんだろうなぁ」

呟きながら、彼が階段を上ろうとした瞬間――ガシャン、ガシャンという機械的な足音が聞こえてきた。

「ちぃっ、またモンスターか⁉」

コリンは、刃こぼれの目立ってきた長剣を手にして、待ちかまえる。

その時、いかにも金属的な音色で、言葉らしき音が発せられた。

《ちょっと待て。おまえ、ニンゲンか？　ここで、ニンゲン見るの、久しぶり》

「……カラクリのモンスターがしゃべった⁉」
《俺、〝スチームナイト〟。カラクリじゃない》
言葉とともに現れたのは、ヒト型をしたカラクリ人形——蒸気騎士《スチームナイト》であった。
コリンの脳裏に、バザーの時の記憶がよみがえる。フィーリアが熱心に見ていたブリキ製の模型は、このスチームナイトとよく似ていたのだ。
《俺、ただのスチームナイトとは、違う。俺〝心情移植〟を受けた、ただ1体の特別なスチームナイト。だから、俺だけ心を持ってる。俺だけしゃべれる》
スチームナイトは蒸気を軽く噴き上げながら、コリンに話しかける。
「ってことは、心情移植っていうのは心の移植だと思っていいのか？」
《その通り！》
我が意を得たりとばかりに、スチームナイトは蒸気を噴き上げる。
《俺に心を分けてくれたのは、ガンプという男。だから、俺のこと、みんな〝ガンプ〟って呼ぶ》
「なるほど」
どうやら、一通りのコミュニケーションは取れそうであった。
そこでコリンは、さっそく本題に入る。

「ところでガンプは、女の子を見なかった？」

返答は、ごくそっけなかった。

《ここ、地下宮殿。危ないところ。普通、女の子、いるワケない》

「まあ、その理屈は正しいと思うけど……」

軽く肩をすくめるコリン。しかし、ここが〝地下宮殿〟と呼ばれているのは、やや意外だった。

(じゃあ、あの洞窟よりもずーっと地下にあるってことかな？　それにしても、こんなに機械ばかりのところを宮殿って呼ぶセンスは、どうなんだろ)

《……そうだった。俺も人、捜してる》

ふと、ガンプは用件を思い出して叫ぶ。

《姫サマを、早く捜さないと。だから、俺、忙しい。おまえ相手にしてるヒマ、ない》

「ああ、そうだったのか。そりゃ、悪かった」

コリンは頭を下げ、さっそく階段を上ろう。

その時、背後で凄《すさ》まじい大音量が鳴り響いた。ガンプの蒸気音である。

《おい、おまえ！　首からぶら下げているモノ、よく見せろ！》

「え、えっ？　どーしたんだよ、いきなり？」

驚いて振り向くコリンの胸元を見て、ガンプはさらに騒いだ。

《間違いない！　それ、王家に伝わるお守り《アミュレット》！　おまえ、それ、どこで手に入れた⁉》

その言葉に、今度はコリンが衝撃を受ける。

ガンプの指し示したのは――フィーリアからもらったお守り《アミュレット》だったからだ。

「そ、それより、王家に伝わるって、どーいうことだよ⁉」

コリンは取り急ぎ、フィーリアのことや今までの経緯を説明する。

すると、ガンプはその場で、ガチャガチャと飛び跳ねた。

《そうか。おまえのいう、フィーリア、間違いなく姫サマのこと！　姫サマ、俺のいちばん大事な人》

「フィーリアが、お姫さま……！」

想像だにしなかった真実に、コリンは言葉もない。

「つまりフィーリアは、自分の国に帰らなきゃいけなかったってコトなのか！」

脳裏に、狡猾な〝フィーリア〟の言葉がよみがえる。

『あなたとは別の世界で暮らしてきた記憶を、全て取り戻してしまうのよ？』

――彼女の言う通りになった結果が、この状況だったのだ。

《でも姫サマ、ある事件がきっかけで、この下にある穴から、落ちてしまった》と、ガンプ。
《ずっとずっと探してるけど、見つからない。……おまえ、詳しい話聞きたいか？》
「も、もちろん！」
コリンは、キツツキのような勢いで首を振った。
すると、ガンプは階段を通り過ぎ、奥の部屋へと向かう。
《なら、説明する。おまえ、俺についてこい》
「ウ、ウン」
慌ててコリンも奥の部屋に入ると、部屋の壁には大きな白い布が張られている。
さらに、部屋の中央には不思議な機械が置かれていた。白い布に向けられた円筒状の部分には、メガネのようなレンズが取りつけられている。
《これ、〝レコダ〟っていう。俺たちスチームナイトや、専用の機械に収めた記録を、あの白い〝スクリン〟に映し出す機械》
「記録を、映し出す……？」
言葉の意味が理解できないコリンを後目に、ガンプは自らの身体と〝レコダ〟を、数本の電線でつなぐ。
《そろそろ再生する。ノンストップで映す。分からないこと、後で聞け》
「え？　ア、アレを見ればいいのか？」

慌てて〝スクリン〟に視線を向けるコリン。

その顔に、驚愕の色が広がった。

「……うわーっ！　絵だ！　いきなり壁に絵が出てきたーっ！」

それまで真っ白だった〝スクリン〟に、〝レコダ〟から投影された映像が映し出されたのだ。

「ど、どんな仕組みで、こんな魔法みたいなことができるんだ⁉」

つい、子供のように興奮してしまう彼を、ガンプがたしなめる。

《今、説明するヒマない。マジメに映像を見ろ》

「あ、ああ、そうだな……」

コリンはかろうじて落ち着きを取り戻し、映像の内容に集中した。

〝スクリン〟に映っていたのは、街の中心にそびえ立つ、金属管を張り巡らされた巨大機械の映像。

《これは、姫サマが生まれるずっと前、〝エンジン〟が、初めて作られた頃の話》

「えんじん……？」

《エンジンは、考える機械。最初は計算だけだったが、進歩して、人間の頭の代わりまで、できるようになった。便利だから、国中で使われた。スチームのパイプ張り巡らされ、離れた場所のエンジンも利用できるようになった》

「……想像が難しいなあ。考える機械、かぁ」
《次は、姫サマがまだ子供だった頃の話》
映像はここで、王家らしき人々が墓の前に集まっている場面に変わる。
《実は、姫サマには二人の姉姫サマいたが、王城の蒸気機械……蒸機の事故で、二人とも死んでしまった》
「じゃあ、このお墓はお姉さんたちの……？」
ガンプは小さくうなずいた。
《ちなみに、この迷宮、元々は王城だった。最初のエンジンが作られたのも、姫サマたちが生まれたのも、この王城。でも、今は地下部分しか残っていない。エンジンも取り壊され、残っているのは古い配管だけ》
「えっ、どうして？　古くなって、引っ越したとか？」
《そういうことは、後で聞け。これ、次の映像》
続く映像に、コリンは息を飲む。
幼い頃のフィーリアが、映し出されていたのだ。
《姉姫サマを失って、王サマちょっとヘンになってた。王サマ、姫サマまで失うのが怖くて、途方もないこと考えた。それが、姫サマの複製……〝レプリカント〟を造って、永遠に残そうという計画》

「レプリカント……」
いま映っている映像の手前には、フィーリアに似た背格好の少女の裸身がある。まさか、これが人間ではない、複製なのか——コリンは我が目を疑う。
ガンプの説明によると、レプリカントの製造の中で最も実現困難だったのが、人間の心を移植する〝心情移植〟。それなしでは、どんなレプリカントも単なる人形に過ぎないという。
《ところで、この映像の姫サマは、レプリカントに近付くこと、嫌がってる。分かるか？》
見ると確かに、映像の中のフィーリアは、レプリカントを見て浮かない顔をしている。
《レプリカントの機械はできあがったが、姫サマ、心情移植を拒んだ》
ガンプはここまで説明すると、一瞬だけ沈黙した。コリンには、彼が感慨に浸っているようにも見えた。
《これ……実は正しい選択だった》
「どうしてさ？」
《心情移植、とても怖い。提供者になると、その分だけ頭が死ぬ。心も死ぬ》
「……!?」
《頭と心の複製はできない。半分移植すれば、提供者の頭と心は半分死ぬ。全部移植すれ

ば、全部死ぬ。だから、完璧な姫サマのレプリカントを作れば、本物の姫サマの頭と心、全部死んでしまう》

フィーリアがレプリカントに心を移植され、廃人同然になってしまう——想像するだけで、コリンは恐怖で身震いしてしまう。

だから彼は、ガンプの、

《王サマ、姫サマの願いを許し、完成をあきらめた》

という言葉に、今さらながら安堵した。

しかし——ガンプの話は、これで終わりではなかった。

《でも、レプリカント自身はあきらめなかった。レプリカント、姫サマの心を奪おうと、襲いかかった》

「……どうして⁉　心情移植してないんだったら、レプリカントにはまだ、心がないんだろ⁉」

《俺、理由は知らない。でも、レプリカントは姫サマ襲った。姫サマの心を、結晶の形にして抜き取った》

彼の説明の間に、レコダはどこかに落下しているフィーリアと謎の金属片——そして、見覚えのある、水晶のような数片の物体を映し出していた。

「あれは……フィーリアの魂の結晶じゃないか！」

《そのままだと、姫サマの頭、完全に死んでしまう。それで、俺、レプリカント壊して、姫サマ守った。ただ、姫サマも、レプリカントの破片や魂の結晶と一緒に、穴に落ちてしまった》

この時、コリンは理解した。

(フィーリアがヌボリアンに保護されたのって……このすぐ後のことだったんだ!)

《それに、レプリカントのエンジンは、身体に内蔵された俺と違って、身体と別々に作られる。だから、いくら身体だけ壊しても。エンジンがすぐ次のレプリカント作る。レプリカント止めるには、本体のエンジンを止めるしかない。でも、レプリカント、それ邪魔する》

ガンプはレコダを停止する。穴に落ちるフィーリアが、最後の映像だったらしい。

《王国には、エンジンの配管が張り巡らされている。レプリカント、それ使って、王国中のどこにでも現れて、姫サマ探し続けてる。でも、見つからないから、いつも暴れる。レプリカント、とても強い。都もずいぶん壊された。王サマも、たぶん殺された……》

ガンプが全てを話し終えた後、コリンはしばらく無言だった。

「…………」

最後の愛娘を失いたくない——父の愛情と悲しみと恐怖が生み出した、レプリカントという、さらなる悲劇。

フィーリアの父の愚行に対する怒りと、それと同じくらいに大きい共感が、コリンの口を重くしていたのだ。

その時——部屋の入口に人影が現れた。その姿を見て、コリンは仰天する。

「あれ？　……フィーリア⁉」

第9章　レプリカント

反射的に近付こうとする彼を、ガンプは慌てて制する。

《おまえ、俺より頭悪い。あれはレプリカント。姫サマの皮かぶってるだけ》

「えっ、ウソ⁉」

言われてコリンは、目の前の少女の服装に気付く。この〝王城〟に来てから、彼はこの服を着た〝フィーリア〟と会っていた。

「あっ！　君は、いや、お前はサリアンの寝顔を覗《のぞ》き込んでいた！　そうか、レプリカントだったのか……！」

「あなた、また私を邪魔しようというの……？」

レプリカントは、感情の希薄な瞳でコリンを見据える。

そして、呟《つぶや》くように宣言した。

「邪魔だわ、あなた……壊してあげる」

「なっ……！」

コリンが驚愕《きょうがく》したのは、レプリカントの台詞にではない。

彼女の突進のスピードが、並ではなかったのだ。

慌てて構えたコリンの長剣を、レプリカントは手で振り払う。そして、体勢の崩れたコリンの顔面に、目に見えないほどのスピードで拳《こぶし》を叩《たた》き込んだ。

「ぐはっ！」

背中から床に叩きつけられるコリン。息が詰まって、動くことができない。

彼の様子を見て、レプリカントは酷薄に吐き捨てる。

「人間って……脆《もろ》い」

そして、室内を見回す。すると――レプリカントの様子が、急に変わった。

「……ここにも、いない。あの人は……ねえ、あの人はどこ？」

（あ、あの人……？）

痛みに脂汗をにじませながら、コリンは必死に聞き耳を立てる。

「私の愛する、あの人はどこなの？　何故、いないの……？　あの人が愛したのは……今の私じゃないの？」

レプリカントは悲しそうな表情を作り、虚空に視線をさまよわせる。

「満たされたい……私はあの人がいれば、他に何もいらないのに……」

（どうして、心のないはずのレプリカントが、人を好きになってるんだ？）

不思議そうに考えるコリンの視線が、不意にレプリカントのそれと絡み合った。

レプリカントの目には、再び冷たい光が宿していた。

「……あなたたちもいらない！　だから壊すの……いらないから、壊すの……」

その言葉に、コリンはハッキリ危険を感じる。しかし、殴られたダメージは大きく、とっさに攻撃をかわせるまでには身体が回復していない。

（や、やられる……！）

思わず目を閉じた、その時。

「……これは⁉」

レプリカントの表情が、急にこわばった。

コリンが首から下げていたお守り《アミュレット》がいきなり、まばゆい光を発したのだ。

「ま、まぶしい……」

慌てて目を閉じるコリンの耳に、レプリカントの断末魔の声が聞こえてくる。

「あっ……うわあああーっ‼」

ほどなく、レプリカントの声が聞こえなくなる。

恐る恐るコリンが目を開けると、レプリカントの姿は室内から消えていた。

《レプリカント、光に飲み込まれて、消滅した》

その場に立ち尽くしたまま、ガンプが言った。

「そ、そうか……一体、何が起こったんだ？」

言いながら胸元をさぐったコリンは、驚きに目を丸くする。

光を放ったお守り《アミュレット》が、粉々に砕け散っていたのである。

「これに、守られたのか……？」

不思議そうにお守り《アミュレット》の残骸《ざんがい》を見つめるコリンに、ガンプが騒いだ。

《そんなことより、もうそろそろ、新しいレプリカント現れるころ！　おまえ、早く姫サマを捜せ！》
「捜せって……そりゃ、当然捜すけど、ガンプは？」
いぶかしそうに尋ねるコリンだったが、ガンプの返答を聞き、思わずあきれてしまった。
《蒸気切れだ》
「じょ、じょーきぎれ⁉」
《俺の内蔵ボイラー、火力弱い。当分動けない。おまえ、先に行って捜してくれ。俺、すぐに追いつく》
（……ホントに『すぐ』かぁ？）

洞窟《どうくつ》とは逆に、コリンは上の階を目指して進む。

フィーリアの居場所の見当がつかないため、彼は全ての部屋をしらみつぶしに調べることを強いられた。

「早くしないと、新しいレプリカントが出てくるって言ってたな」

ガンプの言葉を思い出し、捜索を急ぐコリン。

さらに上の階に続く階段を上ろうとした時、彼の目には不思議なモノが映った。

「……石板？」

廊下の片隅に、石板が無造作に置かれていたのだ。かたわらには、宝石箱もある。

「どうせ、大したことが書かれてるワケじゃないんだろうけど……」

冒頭部分だけ目を通そうとしたコリンだったが——その驚くべき内容に、最後まで読み切ってしまう。


『王女殿下の複製を作る……陛下の計画は途方もないものだった。

だが、私は夢中になった。自分の技術を試す良い機会だったからだ。

やがて、エンジンは完成した。まさに、究極の性能だった。

だが、完成したレプリカントは、我々の想像を遥かに超えていた。


レプリカントには当初、メンテナンスなどを行うための〝仮想人格〟を入れていた。

その人格は、本来なら完成すれば消えてしまう存在。

それなのに……完成を待ち望んで毎日訪れる陛下に、恋をしてしまった。

心情移植され、自らの人格が消えたとしても、陛下に愛されたい。

そんな願いが、レプリカントの中に蓄積されていった。

しかし、王女殿下は心情移植を拒んだ。

いま思えば、当然なことだ。

心情移植は、自分自身というかけがえの無い物を失う行為なのだから。

だがそれは、レプリカントが抱いていたそれまでの想いを砕いてしまい、レプリカントを狂気へと走らせてしまう。

人間に少しでも近付けることに主眼を置いて作られたレプリカントの脳は、愛を拒まれることに耐えることができなかったのだ。


もし、我々がレプリカントの仮想人格を軽んずることなく、ちゃんと接していれば。

そして、愛を注いであげていたなら、このような悲劇は起きなかったのかもしれない。

今となっては、そのことだけが悔いとなって私の胸を締めつけている……。

狂気へと走るレプリカントを止めるために、私は〝氷のブレスレット〟を作り上げた。

腕輪の形をしているこの道具は、レプリカントの動力源であるエンジンを凍りつかせ、その機能を停止させることができる。

本来ならば、このような物を作るのではなく、
私がレプリカントの暴走を止めなくてはならないのだが、
暴走を止めようとした時に負った傷が、それを許してはくれないようだ。

これを読んだ貴殿が、私の娘を止めてくれることを願う。

娘に「愛している」と言ってやれなかった、この愚かな父親の代わりに……　　』

——それは、レプリカントの生みの親である、技術者の言葉。

コリンはようやく理解できた。彼と相対したレプリカントを動かしていたのは、フィーリアの魂を渇望し、フィーリアの父に妄信的な愛情を抱いた、仮想人格だったのだ。

呪われた存在をこの世に送り出してしまった、技術者の無念と罪の意識を思うと、コリンは言葉もない。

ふと、彼は宝石箱の存在を思い出した。

「この中に、〝氷のブレスレット〟っていうのがあるのか？」

すぐに開けてみる。しかし、中はカラであった。

考えられる理由は、二つ。

既にレプリカントに見つかり、破壊されてしまったか。それとも——。

「……フィーリアが見つけたのか。そうだとしたら、フィーリアはレプリカントのエンジンに向かってるかもしれない！」

果たして——コリンが慌てて階段を上りきると、そこにはレプリカントのエンジンが、フロアいっぱいに広がっていた。

そして、制御装置らしき機械がいくつも並んでいる一角に——フィーリアの姿があった。

しかも、普段から着ている、すみれ色の服に身を包んでいる。間違いなく、本物だ。

その場で、コリンはありったけの感情を込めて叫ぶ。

「フィーリア!!」

「……おにいちゃん！」

彼の出現に、フィーリアは驚いて振り向いた。

しかし、その顔には次第に、哀しみの表情が広がっていく。

「やっぱり……来ちゃったのね」

「当たり前だよ！」

強いて笑顔を作るコリンと対照的に、彼女の瞳にはうっすらと涙が浮かんでいた。

「……私のこと、追わないでほしかった。おにいちゃんには元の世界で……イーディンで平和に暮らしていてほしかった」

「ハ、ハハ……言ってることが、分からないなあ。イーディンで暮らすことはともかく、フィーリアを放っておくなんて、できるわけがないじゃないか」

はぐらかしてはみたものの、もちろんコリンにも、本当はフィーリアの言葉の意味が理解できる。何しろ、

『わたしのことは、もう忘れて』

とまで、置き手紙で書いているフィーリアである。彼女がもう、コリンたちの所に帰るつもりがないことは明白であった。

その時、コリンの背後で蒸気の噴射音が聞こえてくる。

《やっと、追いついた……あっ、姫サマもいた！》

蒸気騎士《スチームナイト》のガンプが、階段を上ってきたのだ。

「ガンプか……!?」

気付いたコリンが振り返るより先に、フィーリアは切迫した声で叫んだ。

「ガンプ！　その人を……捕まえて！」

「えっ……？」

思いもよらぬ言葉に、コリンは目を丸くして、フィーリアの顔を見る。

「大丈夫、ガンプはいいコよ。おにいちゃんを傷つけたりしないから、安心して」

フィーリアは、これ以上ないほどつらそうな表情をしていた。

「ガンプが、おにいちゃんとサリアンお姉ちゃんを村まで送り届けてくれるわ。さようなら、おにいちゃん。元気で……ね」

そして、コリンに背を向ける。

すると、ガンプがコリンより前に出て、フィーリアに言った。

《姫サマ、考え直した方がいい。俺、さっきコイツと話をして、分かったこと、ある》

「……ガンプ、おにいちゃんを知ってるの？」

意外な事実に、再びコリンの方を向くフィーリア。

ガンプは、かまわず続けた。

《コイツ、姫サマのこと、大好き。姫サマと離れること、嫌がってる。それに……姫サマだって、コイツのこと、大好きなはず。離れたくないはず！》

「……!!」

フィーリアの頬《ほお》が、鮮やかに紅潮する。

「ガ、ガンプ……」

しかし、彼女は頭を強く振り、気を取り直して厳しい表情と声を作った。

「ガンプ、命令します。その男を捕まえなさい！」

「フィーリア!?」

愕然《がくぜん》とするコリンに、ガンプの鉄の腕が伸びる。

《命令じゃ、仕方ない。俺、命令拒めないように、出来ている》

「うわっ！　は、離せ！」

《それ、できない。おまえ、悪く思うな》

ガンプはコリンの身体をガッシリつかむと、そのまま空中へ持ち上げた。

コリンは腕を振りほどこうともがくが、ガンプはそれを許さず、ものすごい力で彼の身体を拘束し続ける。

「おにいちゃん、ごめんなさい」

フィーリアの消え入るような声が、コリンの鼓膜と心を震わせる。

「でも、こうするしかないの……さようなら………」

彼女が再び、別れの言葉を口にした——その刹那《せつな》。

《姫サマ！　後ろ、危ない！》

ガンプが、制御装置のあたりを見て叫んだ。

ほぼ同時に、制御装置の正面につながっている太い金属管の端から、大きな金属の塊が吐き出される。

「きゃっ！」

驚いて後ずさるフィーリアに、さらなるガンプの声が飛ぶ。

《逃げろ、姫サマ！　そいつ、レプリカント！》

「……何だって⁉」

コリンは、我が目を疑う。

ほぼ球体だった金属の塊は、見る間にその形を変え——最後にはフィーリアと同じ姿となって、その場で立ち上がった。

「ほ、本当に、レプリカントになった……！」

「やっと見つけた……〝ブリタニア〟の第三王女」

レプリカントは、同じ顔のフィーリアに、低く冷たい声で語った。

「この日を、どれだけ待ち望んだことか。私はおまえの心を得て、あの人に愛されるはずだった。なのに、おまえは……」

語りながら彼女は、少しずつフィーリアに歩み寄り、追いつめる。

「その口惜しさを、ようやく晴らす時が来た……私の待ち望んでいた娘……あの人に愛されるための……」

「……甘く見ないで！」

不意に、フィーリアが怒鳴った。

顔はすっかり青ざめてしまっているが、それでも気丈に声を張り上げる。

「もう、おまえみたいな出来損ないの機械人形には、好きにさせない！　私の手で、お前を壊してやる！」

そして、右手を前に突き出す。その腕についているアクセサリーを見て、コリンは目を見張った。

「それは……ひょっとして、〝氷のブレスレット〟⁉」

「ええい！」

フィーリアの声と同時に、ブレスレットから氷の矢が飛び出して、レプリカントめがけて放たれる。しかし――。

「こざかしい！」

レプリカントは片手で簡単に、氷の矢を跳ね返した。

跳ね返った矢が足許で弾けた勢いで、フィーリアは軽く吹き飛ばされ、その場で倒れ込んでしまう。

レプリカントはフィーリアを引き起こし、腕をつかんでひねりあげた。彼女を人質に取った形だ。

それを見たガンプが、叫んだ。

《姫サマ、命令取り消した方がいい！　そうじゃないと、俺、こいつを離せない！》

しかし、レプリカントはとっさにフィーリアの口をふさぎ、ガンプに何も命令できないようにする。

そこでガンプは、自らが捕まえているコリンに言う。

《おい、おまえ、俺の頭についてる、安全弁のスイッチ押せ！》

「押せったって、捕まったままで、どうやって⁉」

《腕だけでも、ふりほどけ！　スイッチ押されると、俺の蒸気抜けて、力なくなる。だから、何とかして押せ！　おまえ、姫サマ守れ！》

「わ、分かったよ……ぬおぉりゃあああっ‼」

コリンはありったけの力をこめ、どうにか右腕をガンプの拘束から引き抜いて自由にした。

そして、言われた通りにガンプの頭部のスイッチを押すと、ガンプの全身から大量の水蒸気が発生し、彼らの姿を包んだ。

「アチチチッ！」

ほどなく、水蒸気の中からコリンが飛び出す。ガンプから逃れることができたのだ。

そのままの勢いで、コリンはレプリカントに体当たりを敢行する。

すると、レプリカントは弾き飛ばされ、捕まえていたフィーリアを手放してしまう。

「きゃっ！」

勢いで、フィーリアはその場に転んだが、彼女の解放には成功した。

レプリカントはすかさず体勢を立て直すと、今度はフィーリアにではなく、コリンに向かって襲いかかる。

「おのれ、よくも……私の愛を邪魔するのか！」

「うおっ！　こ、このっ！」

コリンは、レプリカントのパンチを紙一重でかわすと、長剣を構えて応戦しようとする。

その瞬間、蒸気が抜けて動けなくなったガンプから、怒号が飛んできた。

《おまえ、レコダで何を見ていた⁉　おまえが闘ってるの、ただの端末。いくらでも、代わりが出てくる。本体壊さないと、何やっても無駄！》

「あっ……そーだった！」

「おにいちゃん……これを！」

倒れたままだったフィーリアは、上半身を起こすなり、〝氷のブレスレット〟を投げてよこす。

レプリカントはそれを見ると、嘲笑《ちょうしょう》を浮かべながら殴りかかってくる。

「何をたくらんでるかは知らないが、おまえたちに何ができる！」

コリンはジリジリと後ろに下がりながら、必死に彼女の攻撃をよけた。

しかし、いつしか彼は壁際に追いつめられる。もう、後ろに下がることはできない。

勝利を確信したレプリカントは、拳を振りかざし、コリンの顔面にパンチを放った。

「観念しろ……まずは、お前からだ！」

「それは、こっちの台詞だ！」

とっさに、コリンはその場で倒れ込む。レプリカントのパンチは空を切り、そのまま壁を貫いた。

「おっ、おのれ！」

一瞬、壁に腕を取られて動けなくなるレプリカント。

それを見計らって、コリンは懐に入れておいた赤いオーブを宙に放った。

「いけっ、ファイアー・オーブ！」

その瞬間——オーブから放たれた炎は、レプリカントの身体を包み込んだ。

形容できない絶叫をほとばしらせるレプリカント。その皮膚は炭化してボロボロに崩れ去り、中から金属製の骨格がむき出しになる。

《ま……魔法の火で攻撃とは、卑怯《ひきょう》な！》

その声は、ガンプ同様の金属的なものに変わっていた。

《し、しかし、私を倒したところで、また新しい私が現れるだけのこと……お前たちを壊すまで、私は……》

レプリカントが、捨て台詞を残そうとする。

まさに——この瞬間こそが、狙《ねら》い目だった！

「おにいちゃん！　次の端末が出てくる前に、早く！」

「分かってる‼」

コリンは〝氷のブレスレット〟を握り、レプリカントを送り込んだ金属管の中にめがけて、渾身《こんしん》の力で投げ放った。

その直後、金属管の中から、青白い光が漏れた。〝氷のブレスレット〟が、その力を解放したのだ。

それまで余裕のあったレプリカントが、その様子を見てパニックに陥る。

《お……おまえたち、何をした⁉》

「お前やガンプの言う通り、端末を相手にしてもラチがあかないからな」

肩で息をしながらも、コリンは不敵に笑った。

「だから……本体を凍らせるんだよ！」

同時に金属管には、端から急速に霜が降りる。続いて、金属管とつながっていた制御装置が、そしてエンジン本体が、異常を知らせる警告音を次々に鳴り響かせる。

《そんな……馬鹿な！　人間に、この私が……！》

やがて、金属管の表面には氷がビッシリと付着を始め、それはエンジン全体に広がっていく。そして、エンジンが全て氷に覆われ、一切の警告音が止んだ時――レプリカントは、その動きを完全に止めた。

——フロア内の気温もすっかり下がった中、コリンは白い息を吐きながら、疲れ切った声で呟いた。

「終わった……」

コリンは、闘いの終わった安堵感《あんどかん》から、思わずその場で座り込む。

《おまえ、よくやった。エンジン止まれば、レプリカント、もう出てこない》

相変わらず動けないガンプが、彼をほめたたえた。

フィーリアはようやく立ち上がって、コリンに歩み寄ろうとする。

「おにいちゃん、ありがとう。もう、終わったのね……」

「そうだね……だけど、考えてみれば、レプリカントっていう存在も、少し可哀想《かわいそう》だったような気もするな」

「そうかもしれな……ああっ！」

コリンの言葉に同意しようとしたフィーリアの口から、突然悲鳴が漏れた。

彼女の視線を追って振り向くと——エンジンの機能が停止したはずのレプリカントが、壁からムリヤリ腕を引き抜こうとしていたのだ。

《まだ……まだ、終わっていない……私は、人間ごときに、負け、ない……》

執念をむき出しにして言いつつ、彼女はついに壁から腕を引き抜き、身体の自由を得る。

「どうして……!?」

恐怖に身体を震わせたフィーリアの問いに、レプリカントは途切れ途切れに答える。
《凍りつく寸前に……エンジンの、全てのエネルギーを……私が吸収した……》
身体の各所から火花を散らしながら、彼女は両手を前に突き出し、ゆっくりとフィーリアに迫った。
《今度こそ、おまえを壊して……王女を、吸収……させてもらう！》
そして、再び襲いかかろうとした、その時。
「だから、もう終わったって、さっき言っただろう！」
緑色のオーブを放り投げながら、コリンが鋭く叫んだ。
「エンジンを失った時点で、お前はもう終わりなんだ！」
瞬間、砕け散ったオーブからは幾筋もの稲妻が放たれ、レプリカントの身体を四方から貫いた。
《ぐっ、ぐあああああっ！》
苦悶《くもん》の絶叫が、コリンとフィーリアの鼓膜に突き刺さる。
《私は……私は、間違っていない。王女は陛下に、深く愛されていた。だから私は生まれた……私は、王女に注がれた愛、そのもの……そして私は、王女に代わり、王女のように国王に愛されることを、望んだ……だけ》
その悲痛な言葉に、フィーリアは思わず顔をそむけた。

《私は、間違っていない。私は、ただ……愛される事を望んだ。ただ、それだけ……》

レプリカントの身体は、各所から白煙を上げ始めた。それでもなお、フィーリアに迫ろうとするが、足首やひざの関節部分が次々に電撃で破壊され、彼女は床に崩れ落ちる。

《王女……第三王女、フィーリア……お前が、お前があああぁぁぁ……!!》

レプリカントは最後まで、フィーリアに恨みの言葉を吐き続けて――頭部が砕け散った瞬間、ついに息絶えた。

それを見つめながら、フィーリアはハラハラと涙を流し続ける。

「このコも……本当は、暴走なんかしたくなかったでしょうに……」

――それは、国王の愛を切望する絶叫だった。

そして、あまりにもはかなくて哀しい悲鳴だった。

「だけど、それは愛じゃないよ」

軽く唇をかみしめて、コリンはレプリカントの残骸に、たむけの言葉を贈る。

「お前の……いや、君のそれは、国王からフィーリアに向けられた愛への……〝嫉妬《しっと》〟なんだよ、レプリカント」

最終章　夜空

「やっぱり、帰って」

——安全弁を閉じたガンプの体内に、再び動けるだけの蒸気が溜まってきた頃。

フィーリアは再び哀しそうな顔で、コリンに告げた。

「これ以上は、進んでほしくない……地上に出てほしくないの」

「どうして？」

腑《ふ》に落ちない表情を隠そうともせず、問い質そうとするコリン。

「フィーリアは、僕がこの世界にいちゃいけない存在だとでも言うのかい？」

洞窟《どうくつ》の小さな〝世界〟で幽霊呼ばわりされた記憶が、コリンの脳裏に生々しくよみがえる。それなりの覚悟を決めて、ここまでやって来たというのに——フィーリアに、この世界での存在を拒絶されたら、あまりにも馬鹿みたいではないか！

「……ううん、そういうことじゃないの」と、フィーリア。

「私、おにいちゃんのことが大好き。だから……だからこそ、ここで帰ってほしいの」

彼女の言葉の意味が分からず、コリンは首をひねる。

フィーリアは、続けた。

「イーディンは、素敵な国よね。一年中、陽の光が穏やかに降り注いで、住民もみんなイイ人ばかりで……あそこは、永遠に続く楽園なの。だから……だから、お願い。このままサリアンお姉ちゃんと帰って。そして、私がいなかった時の生活に戻って！　私のためにこの世界のことを知る義務なんて、おにいちゃんにはないんだから！」

語るうちに、フィーリアは再び涙を流し始めた。彼女の言葉が、彼女自身の苦悩の果てに絞り出されたものであることは、コリンにも察しがつく。

しかし――あるいは、だからこそ、彼は首を横に振る。

「ありがとう、フィーリア。僕を心配してくれてるんだね。だけど、僕はフィーリアのためだけに、洞窟の中を探検してきたわけじゃない」

「……おにいちゃん？」

「もちろん、一番の理由はフィーリアだったし、最初のきっかけはサリアンだった。でも、これはフィーリアを本当のフィーリアに戻すための冒険だったのと同時に、僕が僕自身になるための冒険だったんだ」

そして、かすかに震えるフィーリアの肩に、優しく両手を置いて言った。

「フィーリアのためじゃない……僕は、僕自身のために、真実が知りたい。フィーリア、僕を地上に案内してくれないか？」

「おにいちゃん……」

顔を上げ、涙に濡《ぬ》れた目で見つめるフィーリア。

コリンは、彼女の視線をまっすぐ受け止めた。

「……ごめんなさい。おにいちゃんは、中途半端な気持ちで洞窟探険を続けていたんじゃないのよね」

やがて――涙をぬぐったフィーリアは、意を決して立ち上がると、あらたまった口調で告げた。

「分かりました。それでは、この世界を私が案内します」


地上へ上がる階段は、レプリカントのエンジンがあったフロアの、すぐ脇にあった。

これまでとは比べものにならない、長い長い階段。

その突き当たりに、両開きの扉がある。

フィーリアは、かすかに不安そうな表情を覗《のぞ》かせたあと、気を取り直してコリンに言った。

「では、あなた自身が扉を開けてください」

「……分かった」

コリンはフィーリアの前に出ると、扉をゆっくりと押し開く。

そして――我が目を疑った。

「えっ……？」

一瞬、室内かと勘違いして、キョロキョロと周囲を確認する。

しかし、扉の向こうには草原が広がっている。野外であることは、疑いようがない。

恐る恐る草原に足を踏み入れ、茫然《ぼうぜん》と呟《つぶや》くコリン。

「な、なんだよ、これ……」

彼の頭上に広がっていたのは、陽の光が一筋も射さない漆黒の闇——黒一色の空であった。

「私たちの世界……〝ブリタニア〟へ、ようこそ」

背後から、フィーリアの静かな声が聞こえてくる。

しかし、目の前の現実を受け入れかねているコリンに、言葉を返す余裕はなかなか作れなかった。

「ここは〝ブリタニア〟……あなたたちの暮らしていた大地の上にある、もうひとつの世界です」

彼の心情を察したのか、フィーリアは反応を求めずに語り始める。

「イーディンでは、太陽は沈まないでしょう？　でも、この世界の太陽は、沈むのと昇るのを繰り返すの」

——コリンたちの常識では、太陽とは常に天高く浮かんでいて、永遠に世界《イーディン》を照らすものであった。

そもそも、太陽が一体、どこの海に沈むというのだろうか。

「この世界では、太陽が出ている〝昼〟の間は働いて、太陽が沈んで〝夜〟になると働くのを終えるの。私たちは、これを一日と呼んでいるわ」

「……いちにち？　その『日』っていうのは？」

「太陽のことを表してるの。太陽が一回ずつ昇って沈むから、『一日』。……ねえ、バザーで一緒に見た〝古代人の考えていた世界〟のこと、おにいちゃん覚えてる？」

コリンは、暗闇を見上げたままうなずいたが——続くフィーリアの一言で、驚きのあまり彼女の顔を凝視する。

「あの時見た、球形の世界……あの模型が、真実の大地の姿を示していたの」

「……アレが⁉」

「ええ。信じられないでしょうけど、本当のことよ」

言われてコリンは、〝こちら側〟に来た時のことを思い出す。

その時、彼は縦穴を落ちていたはずなのに、いつの間にか上がっていた。とても不思議な現象だったが、ただ〝向こう側〟から移動しただけと考えれば、納得できなくもない。

「そんな……全く別の世界があったなんて……」

今まで想像すらできなかった事実に、コリンは本能的な恐怖を覚える。

洞窟の中にあった小さな〝世界〟が、彼の頭に浮かぶ。あの世界の住人は、狭い閉ざされた石の部屋を、世界の全てだと信じ込んでいた。

しかし、現実はどうだ？　自分たちは、彼らと何一つ変わらないではないか！

（フィーリアが、案内をためらうはずだ……こんな暗黒の世界こそが本当の世界だったなんて……！）

そう感じた時、コリンはようやく、自分が震えていることに気付いた。

「おにいちゃん、大丈夫？」

フィーリアの気遣いにも反応できぬまま、知らず知らずのうちに呟く彼。

「太陽が出てなくて、寒いから……だけじゃないんだろうな、理由は……」

――その時、コリンは初めて気付いた。

「アレ？　この空……ひょっとして真っ暗じゃないのか……？」

よく見ると、黒一色と思っていた夜空に、小さな輝きがいくつもあるのだ。

次第に目が馴れてくると、暗闇の中の光点はさらに増え、気がつけばコリンは無数の瞬きに囲まれていた。

「うわぁ……」

暗闇であるにも関わらず、光であふれている――あまりにも荘厳な美しさに、彼はすっかり心を奪われ、ただ無言で夜空を見つめ続ける。

――長い長い忘我の時を終わらせたのは、フィーリアの一言だった。

「おにいちゃん……私は、この世界に戻らなくちゃいけないの」

「フィーリア……」

我に返って、彼女の顔を見るコリン。

「レプリカントは倒したわ。でも、これは始まりでしかないの……何故なら、この国は蒸機の力に頼りすぎて、ボロボロになってしまったから。だから、私には王女として、この国を救う責任がある。お父様亡き今、私がその役割を果たさなければいけないの」

フィーリアはまっすぐ、彼の顔を見つめる。

「私と一緒に来ると、これまでの冒険よりもつらいことが、たくさんあるはずよ。それでも、私と来てくれる……？」

彼女の瞳には、決意と不安とが複雑に混ざり合っていた。どんな答えも受け入れる覚悟ができていながら、答えが返ってくること自体が怖くて仕方がない様子である。

だが——コリンの答えは、最初からひとつしか用意されていない。そして、その答えはサリアンと別れた時点で、既に定まっていた。

「確かに、大変かもしれないけど……」

コリンはフィーリアの肩を抱いて、静かに微笑《ほほえ》みかけた。

「だけど、ここには美しい夜空があるし、フィーリアがいる。それ以上に幸せなことなんて、ありはしないよ」

「おにいちゃん……」

フィーリアの両目から、涙があふれ出る。

さらに何かを言おうとする彼女の口を、コリンはそっと唇でふさいだ。

フィーリアは、コリンがそうすることが分かっていたかのように、彼の広い背中にゆっくり腕を回した。

(……フィーリアへの想いさえあれば、どんな困難にも立ち向かえる)

コリンは確信していた。

(彼女がきっと、そんな強さを僕にくれる……)

東の空が白み始め、まばゆい陽光が夜の闇を駆逐していく。

コリンは生まれて初めての〝朝日〟を、口づけをかわしながら迎えた——。

あとがき

この本の原稿を書いている間に、シドニーオリンピックが始まってしまいました。

当然ながら、まともにオリンピック放送を観ることができないので、島津はビデオ録画に頼りました。

で、原稿も書き上がった今、ようやく録画したビデオをチェックし始めているところですが……つくづく感じるのは、レース展開や試合内容が興味深い競技は、結果を知っていてもテープを早送りすることなく、熱心に観られるということです。

それは、この本のようなゲームノベライズについても同じこと。島津も努めて、原作ゲームのユーザーの方にも楽しんでいただけるような文章を書いたつもりですが……結果はみなさまがご判断ください。でも、「早送り」されたらヤダなぁ（笑）。


最後に、原作ゲームメーカーのカクテルソフト様と、パラダイムの久保田様と川崎様、この本を買ってくださったみなさんに、お礼を申し上げます。

みなさまがいなければ、私にとって20世紀最後（笑）の本を出すことはできませんでした。本当に、ありがとうございました。

島津出水

Princess《プリンセス》 Memory《メモリー》

2000年12月1日 初版第1刷発行

著　者　島津 出水
原　作　カクテル・ソフト
本文イラスト　明星 宏幸

発行人　久保田 裕
発行所　株式会社パラダイム
〒166-0011 東京都杉並区梅里2-40-19
ワールドビル202
TEL03-5306-6921 FAX03-5306-6923

装　丁　林 雅之
印　刷　ダイヤモンド・グラフィック社

乱丁・落丁はお取り替えいたします。
定価はカバーに表示してあります。

既刊ラインナップ

定価 各860円+税

1 悪夢 ～青い果実の散花～ 原作:スタジオメビウス
2 脅迫 原作:アイル
3 痕 ～きずあと～ 原作:リーフ
4 慾 ～むさぼり～ 原作:May-Be SOFT TRUSE
5 黒の断章 原作:Abogado Powers
6 淫従の堕天使 原作:DISCOVERY
7 Esの方程式 原作:Abogado Powers
8 歪み 原作:May-Be SOFT TRUSE
9 悪夢 第二章 原作:スタジオメビウス
10 瑠璃色の雪 原作:アイル
11 官能教習 原作:テトラテック
12 復讐 原作:クラウド
13 淫Days 原作:ルナーソフト
14 お兄ちゃんへ 原作:ギルティ
15 緊縛の館 原作:XYZ
16 密猟区 原作:ZERO
17 淫内感染 原作:ジックス

18 月光獣 原作:ブルーゲイル
19 告白 原作:ギルティ
20 Xchange 原作:クラウド
21 虜2 原作:ディーオー
22 飼 原作:13cm
23 迷子の気持ち 原作:フォスター
24 ナチュラル ～身も心も～ 原作:フェアリーテール
25 放課後はフィアンセ 原作:スィートバジル
26 骸 ～メスを狙う顎～ 原作:SAGA PLANETS
27 朧月都市 原作:GODDESSレーベル
28 Shift! 原作:Trush
29 いまじねいしょんLOVE 原作:U・Me SOFT
30 ナチュラル ～アナザーストーリー～ 原作:フェアリーテール
31 キミにSteady 原作:ディーオー
32 ディヴァイデッド 原作:シーズウェア
33 紅い瞳のセラフ 原作:Bishop
34 MIND 原作:まんぼうSOFT

35 錬金術の娘 原作:BLACK PACKAGE
36 凌辱 ～好きですか?～ 原作:アイル
37 My dearアレながおじさん 原作:ブルーゲイル
38 狂*師 ～ねらわれた制服～ 原作:クラウド
39 UP! 原作:メイビーソフト
40 魔薬 原作:FLADY
41 臨界点 原作:スィートバジル
42 絶望 ～青い果実の散花～ 原作:スタジオメビウス
43 美しき獲物たちの学園 明日菜編 原作:ミンク
44 淫内感染 ～真夜中のナースコール～ 原作:ジックス
45 MyGirl 原作:Jam
46 面会謝絶 原作:シリウス
47 偽善 原作:ダブルクロス
48 美しき獲物たちの学園 由利香編 原作:ミンク
49 せ・ん・せ・い 原作:ディーオー
50 sonnet～心かさねて～ 原作:ブルーゲイル
51 リトルMyメイド 原作:スィートバジル

52 flowers～ココロノハナ～
原作:CRAFTWORKside・b

53 サナトリウム
原作:ジックス

54 はるあきふゆにないじかん
原作:トラヴュランス

55 プレシャスLOVE
原作:BLACK PACKAGE

56 ときめきCheck in!
原作:クラウド

57 散櫻 ～禁断の血族～
原作:シーズウェア

58 Kanon～雪の少女～
原作:Key

59 セデュース ～誘惑～
原作:アクトレス

60 RISE
原作:RISE

61 虚像庭園～少女の散る場所～
原作:BLACK PACKAGE TRY

62 終末の過ごし方
原作:Abogado Powers

63 略奪～緊縛の館 完結編～
原作:XYZ

64 Touch me～恋のおくすり～
原作:ミンク

65 淫内感染2
原作:ジックス

66 加奈～いもうと～
原作:ディーオー

67 PILE・DRIVER
原作:ブルーゲイル

68 Lipstick Adv.EX
原作:フェアリーテール

69 Fresh!
原作:BELLDA

70 脅迫～終わらない明日～
原作:アイル[チーム・Riva]

71 うつせみ
原作:BLACK PACKAGE

72 X change2
原作:クラウド

73 M.E.M.～汚された純潔～
原作:アイル[チーム・ラヴリス]

74 Fu・shi・da・ra
原作:ミンク

75 絶望 ～第二章～
原作:スタジオメビウス

76 Kanon～笑顔の向こう側に～
原作:Key

77 ツグナヒ
原作:ブルーゲイル

78 ねがい
原作:RAM

79 アルバムの中の微笑み
原作:curecube

80 ハーレムレーサー
原作:Jam

81 絶望 ～第三章～
原作:スタジオメビウス

82 淫内感染2～鳴り止まぬナースコール～
原作:ジックス

83 螺旋回廊
原作:ruf

84 Kanon～少女の檻～
原作:Key

85 夜勤病棟
原作:ミンク

86 使用済～CONDOM～
原作:ギルティ

87 真・瑠璃色の雪～ふりむけば隣に～
原作:アイル[チーム・Riva]

88 Treating 2U
原作:ブルーゲイル

89 尽くしてあげちゃう
原作:トラヴュランス

90 Kanon～the fox and the grapes～
原作:Key

91 もう好きにしてください
原作:システムロゼ

92 同心～三姉妹のエチュード～
原作:クラウド

93 あめいろの季節
原作:ジックス

94 Kanon～日溜まりの街～
原作:Key

95 贖罪の教室
原作:ruf

97 帝都のユリ
原作:スィートバジル

98 Aries
原作:サーカス

99 LoveMate～恋のリハーサル～
原作:ミンク

101 プリンセスメモリー
原作:カクテル・ソフト

102 ぺろぺろCandy2 Lovely Angels
原作:ミンク

103 夜勤病棟 ～堕天使たちの集中治療～
原作:ミンク

好評発売中!

〈パラダイムノベルス新刊予定〉

☆話題の作品がぞくぞく登場！

96. Natural《ナチュラル》 2 ~DUO~
千紗都 編

フェアリーテール　原作

清水マリコ　著

幼い頃いっしょにすごした双子の従妹、千紗都と空。身寄りをなくした彼女たちと、再び暮らすことになるが…。

105. 悪戯Ⅲ
インターハート　原作

平手すなお　著

勝彦は電車「下の手線」での痴漢の常習犯。ひょんなことから知り合った少女に、ある女に悪戯をしてくれという相談を受ける。

106. 使用中~W.C.~
ギルティ　原作

ある雑居ビルの共同トイレは、排泄マニアや露出狂など、いろんな性癖の女性たちが集う場所だった。7階建てビルのトイレで繰り広げられる、恥辱劇！